南粤红色故事

NANYUE HONGSE GUSHI

（上）

顾作义 主编

NANYUE

南方日报出版社
NANFANG DAILY PRESS
中国·广州

图书在版编目（CIP）数据

南粤红色故事 / 顾作义主编. -- 广州 : 南方日报出版社, 2019.12

ISBN 978-7-5491-2103-8

Ⅰ. ①南… Ⅱ. ①顾… Ⅲ. ①革命故事—作品集—中国—当代 Ⅳ. ①I247.81

中国版本图书馆 CIP 数据核字(2019)第 235235 号

NANYUE HONGSE GUSHI

南粤红色故事

主　　编：顾作义
出版发行：南方日报出版社
地　　址：广州市广州大道中 289 号
出 版 人：周山丹
出版统筹：阮清钰
责任编辑：蔡　芹
责任技编：王　兰
责任校对：阮昌汉
设计排版：钟　清
经　　销：全国新华书店
印　　刷：广东信源彩色印务有限公司
开　　本：889mm×1194mm　1/32
印　　张：9.5
字　　数：190 千字
版　　次：2019 年 12 月第 1 版
印　　次：2019 年 12 月第 1 次印刷
定　　价：40.00 元（一套 2 册）

投稿热线：（020）87360640　　读者热线：（020）87363865

发现印装质量问题，影响阅读，请与承印厂联系调换。

前　言

习近平总书记一直高度重视红色基因的传承，多次前往革命老区，参观英模人物的展览，在不同时期、不同场合讲述英雄的光辉事迹，他强调“让信仰之火熊熊不息，让红色基因融入血脉，让红色精神激发力量”。

翻开风云激荡的近代历史篇章，广东的红色基因谱系耀眼夺目。这里是全国最早建立党小组的六个地区之一，是第一次国内革命战争的中心、北伐战争的策源地，也是最早举行工农武装起义、开展土地革命和建立革命根据地的地区之一。抗日战争时期华南敌后战场是全国三大敌后战场之一，解放战争时期这里是华南地区革命斗争的指挥中心。在这里涌现出一大批革命先烈，他们坚定革命信仰，树立崇高理想，为追求国家独立和民族解放而英勇奋斗，他们“每一个人，每一段事迹，都如神话里的一般美丽，都是大时代乐章中的一个音节”（萧三《革命烈士诗抄》）。

红色基因根植于革命先烈鲜血染红的土地中，传承于英雄人物奉献谱写的事业中，与当下的我们情感相连、命运相通，是我们最需要激活的精神密码。阅读他们的故事，是我们对人生理想信念的一次庄严洗礼。

《南粤红色故事》精选了近50个发生在南粤大地上的红色故事，它们是岭南波澜壮阔革命斗争史的一个缩影。这其中，既有周恩来、邓颖超、澎湃、杨匏安、张太雷等老一辈无产阶级革命家在广东的开辟与探索，也有阮啸仙、高恬波、周文雍、陈铁军等早期革命者的觉醒与战斗；既有工人运动、农民运动、学生运动的抗争事迹，也有武装起义、敌后游击的斗争智慧；既展现出革命先烈宁死不屈的坚定信念，也反映了广大革命群众战胜敌人的感人义举；既展示出热血男儿的前仆后继，也体现了妇女儿童的广泛参与。这些引人入胜、感人至深的故事，仿佛把人带回到那曾经浴血奋战的年代，让人感受到那红色基因孕育的力量，那是淬火成钢的精神品质、坚如磐石的理想信念、百折不挠的英雄气概、敢于胜利的革命风范。

本书所遴选的近50个红色故事，涵盖了大革命时期、土地革命时期、抗日战争时期和解放战争时期等不同历史时期，为便于携带传播，分为上、下两册，每册大体按照故事发生的时间先后排序，具有较清晰的历史阶段脉络。在主体故事之外，本书编者还链接了与故事相关的人物、事件或背景介绍等知识点。本书故事的征集得到了广东省各地市宣传部、广东省委党史研究室及各市、县（区）委党史研究室等相关机构的支持，特此致谢。

岁月长河，历史足迹不容磨灭；时代变迁，英雄精神熠熠发光。革命先烈的理想之光化成了今天的现实，他们当年的美好向往已成为当下的幸福生活。让我们通过阅读他们的红色故事，去感受他们的高尚情操，去品味他们的忠诚信仰，来淬炼我们的爱国情怀。

目录

· MULU ·

杨匏安撰文劝学生 / 001

彭湃借钱 / 006

红色恋人 / 012

周恩来邓颖超婚宴趣事 / 020

杨殷的“育女经” / 026

张太雷领导广州起义 / 031

广州起义中的浴血女兵班 / 036

刑场上的婚礼 / 041

“六亲不认”的黄平民 / 046

“卖身”找党 / 051

童养媳闹革命 / 056

鲜血染红大南山 / 062

礼堂智结抗敌会 / 068

战时保育院的春天 / 073

叶挺狱中作《囚歌》 / 078

南委英魂 / 083

广东“刘胡兰” / 088

中山“杨家将” / 094

舞台惊魂 / 101

南楼七壮士 / 106

铁流十二勇士 / 113

崩口仔智夺枪 / 120

巧送情报 / 125

李鸿斗三虎 / 131

王怀勋宁死不屈 / 136

杨匏安撰文劝学生

1919年北京爆发五四运动的消息传到广州后，广州的工人、学生和各界群众汇成一股爱国洪流，投入反帝爱国运动中。这一年，杨匏安23岁，他和中国许多先进的青年学生一样积极投身到五四运动的浪潮中。五四运动在广州最显著的特点，就是矛头始终对准日本帝国主义及其走狗——汉奸、卖国贼。由于日本在巴黎和会中提出接管青岛和德国在中国山东的一切权利，因此，广州的青年学生及市民举行游行，明确提出把抵制日货作为运动的主要内容。杨匏安积极支持并参加学生们的这些爱国行动，他所任教的广东省立第一甲种工业学校的学生成为运动的主力。面对反动当局的高压政策，他们奋起斗争，救亡图存，开展抵制日货、提倡国货的运动，积极探求振兴民族工业的途径，把斗争的矛头直接对准军阀和帝国主义。

然而，五四运动后期，由于部分广州学生、市民受到别有用心者的蒙骗，行动有失理智，把攻击矛头指向“大新”“先施”“真光”三家由爱国华侨投资创办的、曾经营日货的百货公司。他们提出了“打倒三大亡国公司”的口号，多次冲击这些公司，还发生了砸烂日货广告招牌、追打日本人或将华人当日本人追打等情况。目睹此状，杨匏安在投入热情的同时，也理智地观察和思考着身边发生的一切，以合乎时代潮流的真知灼见，开导青年学生。杨匏安和他的朋友陈大年开始在报上发表系列文章，引导青年学生要理性思考，理智行动。是年秋，《广东中

杨匏安(1896—1931)，广东香山南屏镇北山村（今属珠海）人，原名锦焘，笔名匏庵，中国共产党早期领导人，华南传播马克思主义第一人。早年东渡日本求学，1918年，回国担任广州时敏中学教员，宣传马克思主义。1921年，加入中国共产党，代理青年团广东区委书记。1924年，因为国共合作，被推举为中国国民党中央组织部秘书长，1926年当选中央委员兼常委。1927年4月当选中国共产党第五届中央监察委员会委员。1931年7月，在上海被捕，拘押于龙华监狱，后被杀害。

华新报》主笔陈大年发表为“大新”“先施”“真光”三公司辩护的《商榷书》，遭到别有用心者的污蔑攻击。于是杨匏安发表《三公司风潮之观察与批评——某学者之谈话》，进一步回应了带有不良倾向的社会思潮。文章对“打倒”三公司的得失，对国家经济发展和发展民族工商业关系的利弊，以及对言论专制、颠倒是非的危害进行了鞭辟入里的分析，充分表达了忧国忧民的赤子之心。在杨匏安等人的正确引导下，广州学生后来不再称它们为“亡国公司”，三大公司也没有被推倒，反而在后来获得了更大的发展。

五四运动中杨匏安不仅身体力行参与其中，还实现了思想的一大飞跃，他在对各种学说认真分析鉴别和对社会现实冷静思考的基础上，选择了马克思主义作为其一生追寻的灯塔。在广东中华新报社长容伯挺的倡议下，从1919年6月28日起，《广东中华新报》新辟了《通俗大学校》专栏，向国人通俗地介绍世界新思想、新理论、新学说。1919年7—12月，杨匏安以《世界学说》为总标题，发表了41篇共2万多字的文章，系统地介绍了西方各种流派的哲学观点和社会学说，内容广泛，几乎包括哲学、社会科学的各种方面和各种流派，大大地开阔了人们的视野。

从事宣传马克思主义，是杨匏安革命生涯的起点。在介绍社会主义流派中，杨匏安对马克思主义的介绍最为详尽。最长也是最主要的一篇是发表于1919年11月11日至12月4日、连续刊登了19天的《马克斯主义——一称科学社会主义》一文，它与李大钊同月发表于《新青年》杂志第六卷第六号的著名文章《我的马克思主义观》下篇，几乎同时问世。这是华南地区最早系统地介绍马克思主义三个组成部分的文章，为人们解放思想、扩大视野、接受马克思主义作出了积极的贡献。杨匏安对何以称科学社会主义作了这样的阐述："马氏以唯物的史经为经，以革命思想为纬，加之以在英法观察经济状态之所得，遂构成一种以经济的内容为主之世界观，此其所以称科学的社会主义也。"他结合当时国内斗争需要，以通俗浅显的文字，主要介绍和宣传了马克思主义的三大组成部分——唯物史观、剩余价值学说和阶级斗争学说。后人将其与李大钊以"北李南杨"的美誉并称，充分反映了杨匏安在中国南部传播马克思主义过程中所作出的努力和贡献。

延展阅读 ……

杨匏安故居

杨匏安故居位于广州市越华路116号，原为香山县杨氏家族在广州设立的宗祠，也是杨氏子弟到广州读书的邸舍。该祠原为一座二进的坐北朝南建筑，面宽约13米，上挂有“泗儒书室”横匾，前座与后座中间的天井两旁均有厢房，厢房上有阁楼，右侧厢房外有附祠，但现仅存前座，还增加了临时建筑，与其原貌相去甚远。1918年，杨匏安举家迁至广州，住进杨家祠，开始在广州宣传唯物论和社会主义。杨匏安的著作介绍唯物史观、阶级斗争学说和剩余价值学说，在社会上很受欢迎。杨家祠也成为杨匏安活动的主要场所。谭平山、陈公博、谭植棠、刘尔崧、冯菊坡、杨殷、苏兆征等人经常到此开会，研究工作。此后，刘少奇、张太雷、李立三、穆青等共产党员也经常到此研究党在广东的工作。杨家祠是大革命时期中国共产党、共青团的重要活动场所。

杨匏安故居

彭湃借钱

1921年5月，彭湃从日本早稻田大学毕业回国，不久被任命为海丰教育局局长。做了教育局长的澎湃一时声名显赫，海陆丰的土豪劣绅都来巴结他，想通过私人关系，去消除当地知识界对他们的不满。还有一些想钻营一份差事的旧家子弟，也赶来凑热闹。那些来见他的人，大多带着美酒和山珍海味等礼物。县教育局和他在桥东社龙舌埔的得趣书室，竟变得门庭若市。

但他却是一个不为人情所动的官员。彭湃郑重吩咐局里的公差：有人来找他，先要问一问对方带了礼物来没有。若是对方回答“有”，那就把他赶出去，不管来人是他的亲娘舅，还是岳家翁。他又再三指示公差：若是碰上教师和学生，可以不必通报就让他们进来。他对妻子四嫂，也是这样反复叮嘱。

他还把教育局局长这份薪俸拿来补贴穷苦学生的学费；也曾经用来周济朝夕不继的邻居们。可是，他身上却总是穿着一件褪了色的学生服，袖口已有几处磨损了也不在意，生活比之刚从日本回来时过得更俭朴了。

外边的人，都知道他的为人。每当茶余酒后，谈论到他，人们总是竖起大拇指，赞一声：“富贵身份好心肠！”再赞一句：“铁面彭湃！”倒是他的家里人，有的还不明白他的苦心。有一次，彭湃刚从他的得趣书室把一群学生送走，准备到教育局去。就在这时，他的庶祖母曾氏走进来，伸着手向他要钱。彭湃问她又要钱做什么，曾氏说要钱

彭湃（1896—1929），乳名天泉，原名彭汉育，广省海丰县城郊桥东社人，曾用过王子安、孟安等化名。出身于工商地主家庭。1921年加入中国社会主义青年团，1924年初由团转入中国共产党。1927年10月，在广东海陆丰地区（今汕尾市）领导武装起义后，建立了海丰、陆丰县苏维埃政府（这是中国第一个农村苏维埃政权）。1929年8月30日在上海龙华英勇就义，时年仅33岁。

民主革命时期，彭湃开展农民运动，撰写的《海陆丰农民运动》一书成为从事农民运动者的必读书，被毛泽东称为“农民运动大王”、中国农民运动的领袖。2009年9月，彭湃被评为“100位为新中国成立作出突出贡献的英雄模范人物”。

零用。

彭湃说："吃饱了饭，还要什么零用？"他把双手向两边一摊说："你看我这个模样，是不是有钱的？"曾氏唠叨开了："你做官，赚大钱，拿给别人去用！人家送给你肥鸡美酒你不受，你活该！想从前，你还有时给我几毛钱，如今做了官，身份高，就看不起我这老太婆了！"

彭湃笑着对她说："你要知道，从前我给你的钱，都是阿四给我的买烟钱！如今我做了官，就不好意思再跟阿四要了！"

曾氏伤心地说："阿四会养猪，有出息，可是我连一个臭铜钱也没有！"说话间，彭湃无意间瞥见她无名指上戴的一只金光闪闪的戒指，便指着那只金戒指笑着问她道："庶姥，你说你没有钱，那手指上又是什么呀？"

曾氏把嘴唇一噘："啧，这是我唯一的私蓄，岂可动用？"

彭湃慨叹道："嗨！你戴着金戒指来向我要零花钱；殊不知我这教育局长，要想找一毛钱去理发也困难！"

说着，他把披有三四寸长发的脑袋，斜弯下来让她看。可是曾氏哪里肯信，只啾啾不休地伸着手要钱。彭湃被纠缠不过，又叹了一口气说："好吧，等阿四回来想办法吧！"

曾氏走后，他刚想举步出门，猛然间有一个人从大门口踉踉跄跄地冲了进来，差点把彭湃撞到。彭湃吃了一惊，忙把那人扶住一看，原来是刚才跟他在书房里谈话的邻居。那人气喘喘地告诉彭湃，他的儿子得了急病，快要死了，马上要去请大夫，可是没钱；不去请大夫吧，他就只有这条命根子！说罢，竟然痛哭起来。

彭湃宽慰了他一阵，请他在厅里坐下，便去找庶祖母。曾氏满以为他拿钱来了，想不到彭湃却要向她借用那只金戒指。曾氏起初不肯。彭湃好言对她说；“庶姥，我好歹也是个教育局局长，终不成把你的金戒指吃了？”曾氏问几时可以还她。他一口答应：“三天！”曾氏这才把戒指脱下来给他。彭湃拿去交给那邻居，叫他快去兑成银子使用。那邻居见了金戒指，颇为愕然，说他用不着这么多钱。彭湃直截了当地对他说：“快去，把你儿子的病治好了再说！”当下，那人匆匆走了。第二天，曾氏就来向彭湃要回金戒指。彭湃只好去找妻子四嫂。四嫂笑着说：“看你，我的一点陪嫁都教你弄光了！”彭湃说：“没有办法！穷人的儿子，总比金子值钱些！”四嫂又说：“我只剩下这只戒指了！”彭湃抱歉地说：“拿出来吧，革命成功了，再重重谢你！”四嫂好笑道：“革命成功了，还要金戒指做什么呵！”说着，她便拿出了那枚心爱的戒指，郑重地交到丈夫手里。彭湃看着戒指，笑了笑说：“你再行行好，另给我五毛钱吧！”四嫂问他要这零钱干什么，他笑道："一毛钱我拿去理发，四毛钱给庶姥做零用。"四嫂不知怎地，竟可怜起他来了，说："赔钱的教育局局长，快不要做了！"谁知彭湃认真地说："这样看来，你是不赞成我闹革命了！"四嫂拿出五毛钱给他，一边委屈地说："不赞成，何苦来跟你？"彭湃知道妻子对革命并没有动摇，很是高兴，便拿着戒指和钱出去了。

延展阅读……

彭湃故居

彭湃故居坐落在汕尾市海丰县海城镇桥东社，悠悠的龙津河水就从彭家门前流过。彭湃故居坐北向南，面朝龙津河，始建于清末，主楼两层，面宽三间12.9米，进深10.9米，前廊仿西式建筑，风火式山墙，楼下中间为堂屋，总建筑面积266平方米。1925年6月，军阀陈炯明残部占领海丰城，故居遭焚毁，只遗下墙基。1986年按原貌重建。

故居东侧是彭湃的书斋得趣书室。面宽三间，风火山墙，建筑面积96平方米。1922年夏，彭湃与妻子蔡素屏搬到这里居住，并在这里组织了六人农会小组。1925年第一次东征时，周恩来率部在得趣书室与彭湃会面，建立中共海丰特别支部，彭湃任书记，中共海丰地委也设在此办公。书室1928年3月被国民党军队烧毁，1958年按原貌修复。

彭湃故居门前的龙舌埔旧址，原是一块长方形宽阔坪。1923年元旦，广大农民聚集在这里庆祝海丰总农会成立。此后许多重要的集会都在这里举行。

（供稿单位：汕尾市委宣传部）

彭湃故居

红色恋人

1919年5月4日，北京爆发五四运动。为响应北京的学生运动，连续几天，广东省立第一甲种工业学校（又称“甲工”）学生会主要负责人阮啸仙与刘尔崧、周其鉴等同学一起，组织一批进步学生，冲破学校当局的禁锢，率先走出校门，跑上街头，登台演讲，并到各大中学校串联，号召学生们积极投身反帝爱国运动。

阮啸仙等人来到广州妇孺产科学校不远处的一条街道时，正遇到一群女学生在一家商店门前集会。

这时，一位眉清目秀、留着短发的女学生，正大声地发表演讲：“帝国主义及其走狗是中国人民的死对头！‘二十一条’是一个卖国条约！我们广大学生要团结起来，组织和发动各界群众，要求政府废除不平等条约，坚决抵制日本货……”说完，她领呼口号，群情激奋。

阮啸仙等人也被这位女同学充满激情的演讲所感染，走上前去，禁不住带头鼓起掌来。

“这位女同学是谁呀？蛮厉害的。”阮啸仙低声地问站在一旁的刘尔崧。刘尔崧是河源人，他经常去拜访在妇孺产科学校当老师的一位惠州亲戚，经常在亲戚家里碰见这位女同学，他笑着说：“她叫高恬波，妇孺产科学校学生，是我亲戚的得意门生哩！”高恬波，与阮啸仙同龄，父亲高若汉是一位医师，母亲是一位勤劳善良的农家妇女。高恬波天资聪颖，幼时在家乡读书，成绩出众。17岁时，高恬波不堪包办婚姻的折磨逃到广州。

阮啸仙（1897—1935），广东河源人。中国社会主义青年团广州地委书记并代粤区执委会书记，1926年被任命为国民党中央农民运动委员会委员，1927—1928年任中共广东省委委会等职，1929—1933年历任中共江西省委常委等职。1935年2月，阮啸仙领导的赣南省委机关部队被敌围困，3月6日在战斗中壮烈牺牲，时年38岁。

1915年春考入广州妇孺产科学校学习。

集会结束后，经刘尔崧介绍，阮啸仙认识了高恬波。

“这是阮啸仙，甲工学生会主席。”刘尔崧拉着阮啸仙的手，热情地向高恬波介绍道。

“晓得，晓得……”高恬波落落大方地向阮啸仙伸出右手，“你就是那个写得一手好文章，又很会演讲的阮啸仙……”

“过奖，过奖！哪比得上你刚才那精彩的演讲啊！”阮啸仙握着高恬波的手，发自内心地赞叹道。

从此，阮啸仙与高恬波经常在一起畅道理想，谈论时政，总感到有聊不完的话题。

1919年7月初，阮啸仙等人组织带领各校学生发动市民上街

高恬波（1898—1929），广东惠阳人，17岁考入广州妇孺产科学校。1923年春，加入中国社会主义青年团，任广州外围组织——新学生社执委会常委。从事农民运动，与阮啸仙到花县建立农民协会。1924年春，加入中国共产党，成为广东第一个女党员。同年7月，参加广州第一届农民运动讲习所学习。10月，任团粤区委妇女支部第一任书记。1925年任中共广东区委妇委、广东妇女解放协会调查部书记，1929年12月25日，在南昌执行联络任务时被叛徒出卖，不幸被捕牺牲，时年31岁。

游行，号召抵制日货。游行队伍一路高呼口号，并派人进入几家销售日货的“亡国公司”，搜出数十箱日货，集中在越秀南惠州会馆附近，当众放火烧毁。

高恬波积极响应阮啸仙的号召。在她的组织带领下，妇孺产科学校的女生们参加了阮啸仙组织的集会和游行。当局十分恐慌，派出大批军警上街，以“学生捣乱”“维护社会治安”为借口，对示威学生进行镇压。高恬波等近百名学生，先后遭到拘捕。

在警察厅，阮啸仙走在队伍最前头，领呼“爱国无罪”“释放被捕学生”等口号，并要求警察厅厅长出来面见请愿学生。

警察厅厅长知道下令拘捕示威学生已经触犯众怒，引起了社会各界人士的不满，迫于强大的社会舆论压力，警察厅厅长不得不将拘捕的学生全部释放。

高恬波自被捕后一直牵挂着阮啸仙等同学的安全。特别是传言军警与警察厅点名要拘捕阮啸仙，她十分担心阮啸仙会遭到不测。看到阮啸仙安然无恙，悬在她心上的一块石头，也顿时落了地。

在党的三大召开期间，团广东区委在广州司后街45号成立了团的外围组织——新学生社，阮啸仙任书记。作为团的活动积极分子的高恬波，也被选为执行委员会常务委员。在阮啸仙、高恬波等人的努力下，广州市各大中学校先后建立了支部，各市、县也成立了分社，社员发展迅猛。该社成为青年和学生界推动革命运动的一股强大力量，对协助孙中山的革命政府镇压反动军阀也起了重大作用。

当年11月，盘踞在东江一带的军阀陈炯明残部洪兆麟、杨坤如妄图反攻广州。大元帅府下令反击，孙中山亲临前线指挥，与敌在东莞石龙墟一带作战。阮啸仙等人组织了以新学生社社员和青年团员为核心的青年慰劳队30多人前往前线慰军。高恬波是慰劳队中唯一的女性。

在他俩的带动下，全体队员冒着枪林弹雨，一个个背着慰问品，直往前线阵地上冲去。革命军受到极大鼓舞，终于击溃敌军，收复了石龙墟，粉碎了敌人妄图反攻广州、扼杀革命政府的图谋。

在共同的革命理想下，高恬波与阮啸仙并肩战斗，结下了深厚的革命情谊。高恬波感到，只要与阮啸仙在一起，就有一种特殊的难以言状的情愫，时刻撞击着她，且越来越强烈……

由于阮啸仙自幼身体欠佳，体质先天不足，投身革命后，繁重的工作任务、长时间的紧张与劳累，他的身体在不知不觉中消瘦，经常失眠盗汗，有时咳嗽不止，好几次还咳出血来。

同志们劝他休息，阮啸仙不以为意，总觉得工作放不下。

这一切当然瞒不过细心的高恬波。在她的再三催促和陪伴下，阮啸仙到医院做了一次检查，医生诊断阮啸仙患的是肺结核。高恬波拿着医生开的诊断书，望着日渐消瘦的阮啸仙，急得直掉泪……

从阮啸仙第一次因劳累咯血那天起，高恬波就暗暗作出决定，要把照顾阮啸仙当作自己义不容辞的职责。为此，她在紧张工作之余，几乎天天跑到阮啸仙住所看望他，询问他的健康状况，催促他按时服药，叮嘱他要注意休息，并多次表露了自己心底的想法。同时，对于饮食、衣物等生活方面的问题以及文件收发、通信联络、会务杂事等工作，她更是处处主动地承担起来。

对高恬波在工作中的全力支持、生活上无微不至的关心，阮啸仙一直心存感激，也早已感受到高恬波的情意。但他不敢接受这份爱，因为他在河源老家已有一个比自己大一岁的妻子。这门婚事虽是“父母之命、媒妁之言”，但妻子在家侍奉公婆、勤俭持家，默默支持自己求学，也算得上是个贤内助。尽管老家习俗允许，家中父母及妻子也不反对，但阮啸仙总感到若答应高恬波，则有愧于妻子，对高恬波也不公平！此外，自己患上了肺结核，这样既会影响高恬波的工作，也会拖累她的生活。面对高恬波的深情厚意，阮啸仙陷入了极度的矛盾之中。其时，高恬波也遭到一些人的非议和指责，但她下定决心，为了悉心照顾阮啸仙的身体，她主动向党组织提出了要与阮啸仙结合的请求。

鉴于当时中国社会的婚姻状况，以及出于对阮啸仙身体健康和工作需要的考虑，党组织同意了高恬波的请求。1923年冬，阮啸仙与高恬波结为革命伴侣，有情人终成眷属。

/ 延展阅读 ……

新学生社

新学生社是1923年6月成立的广东社会主义青年团的外围组织。初时有社员100余人，分布于广州市区10余间学校。不久，该社组织迅速扩大，至1924年上半年，已在广东的汕头、大埔、新会、高鹤、花县建立分社。1924年5月28日至6月1日，团粤区代表大会决议将新学生社改名为“广东新学生社”，并以其作为“本区学生运动之公开机关”。1924年下半年，毗邻广东的广西容县、梧州，福建的厦门、福州等地的青年学生也纷纷请求组织分社。广东新学生社“为进一步谋全国革命的学生群众的大团结起见”，将“广东新学生社”的“广东”二字删去，改称“新学生社”。主要负责人为阮啸仙、刘尔崧、杨善集等，社员有张善铭、杨石魂、周文雍等。1923年月1日创办《新学生》杂志。该社积极组织青年学生学习，宣传革命思想，深入乡矿开展平民教育，与国家主义派和中国国民党右派做斗争，培养了大批从事工农运动的骨干，成为广东学生运动中一支活跃的力量。到1925年，社员人数发展到600余人，至1926年2月，广东的五华、海丰、潮安、中山、东莞、惠州以及琼州等地也建立了分社。1926年6月，为适应急剧发展的革命形势，新学生社停止活动。

（供稿单位：惠州市惠阳区委党史办公室）

周恩来邓颖超婚宴趣事

广州文德路的文德楼3号楼二楼的房间，是周恩来和邓颖超新婚住过的地方，结婚时的合影如今还挂在墙上。文德楼并不难寻，是文德东路上一排黄色的百年老楼，斑驳脱落的墙皮诉说着它的历史。1925年，中共广东区委员会租了文德楼的部分房子给工作人员居住。时任中共广东区委常委、军委书记的周恩来，就与邓颖超住在这里。

1925年8月7日，邓颖超从天津坐船，在海上颠簸了两日才抵达广州的天字码头。此行，她是来跟周恩来结婚的。来之前，她打了电报，但那天周恩来正忙着指挥省港大罢工，就把接新娘的任务交给秘书陈赓。周恩来要求陈赓见了小超务必解释一下，说他实在忙得走不开，随后把一张相片交给陈赓，陈赓一看，笑着说："我的周大主任，您这是从哪个博物馆里掏出来的？"周恩来说："这还是我去法国留学前她送我的。这就要看你的眼力了。""我的眼力，您放心！"陈赓说着走了。

陈赓来到天字码头，瞪圆了眼珠子，注视着从码头走出来的每一个女青年旅客。可是，旅客都走空了，还是没见到他的"准师娘"。陈赓沮丧极了，这是他第一次没有完成周恩来交办的任务，而且是这么特殊而重要的任务。后来他想到邓颖超也许已经到周恩来住处了，于是赶回去。此时，周恩来住处已是宾客满堂，大家都眼巴巴地等着看新娘子。陈赓一见这局面，知道自己把新娘接丢了，大家不会放过他，于是来了个以攻为守。他一

周恩来（1898—1976），浙江绍兴人，1898年3月5日生于江苏淮安。1921年加入中国共产党，是伟大的马克思主义者，伟大的无产阶级革命家、政治家、军事家、外交家，党和国家主要领导人之一，中国人民解放军主要创建人之一，中华人民共和国的开国元勋，是以毛泽东同志为核心的党的第一代中央领导集体的重要成员。1976年1月8日在北京逝世。他一贯勤奋工作，严于律己，关心群众，被称为"人民的好总理"。

进门就嚷道："没接来，我把新娘接丢了！不过，这不能怪我，你们大家都看看！"他举着那张旧相片，转着圈儿让大家瞧，"让我拿着几年前的相片去接人，应该怪周主任自己。"正说着，门口忽然走进来一位笑眯眯的姑娘，陈赓和她打了个照面，马上愣住了，他连忙说："我叫陈赓，周主任的警卫副官。周主任实在忙得抽不开时间，特地让我拿着你的照片，赶到码头接你。怪我粗心大意，没有接到你。我在这里表示深深的歉意。"说完"啪"的一声，双脚立正，举起右手，行了一个漂亮的军礼。邓颖超"扑哧"一笑，热情地和他握手说："谢谢你，陈赓同志，很高兴见到你。恩来同志忙，不来接我没关系，只是

邓颖超（1904—1992），原名邓文淑，祖籍河南光山，生于广西南宁。邓颖超青年时代投身革命，1924年参加中国共产主义青年团，1925年3月转为中国共产党党员。邓颖超同志是伟大的无产阶级革命家、政治家、著名社会活动家、坚定的马克思主义者，党和国家的卓越领导人，中国妇女运动的先驱。她在70多年的革命生涯中，为中国革命、建设和改革事业毫无保留地奉献了自己的一切。她是20世纪中国妇女的杰出代表，在国内外享有崇高声誉，深受全党和全国人民的尊敬和爱戴。

麻烦你白跑一趟了。”

邓颖超曾回忆：“我们那时候没有可以登记的地方，也不需要什么证婚人、介绍人，更没有讲排场、讲阔气，我们就很简单的，没有举行什么仪式。在革命之花开放的时候，我们的爱情之花开放了。”

1925年8月8日，时任国民革命军总司令部副官长的张治中在太平馆西餐厅请了两桌，向朋友宣告周恩来邓颖超结婚了。当时的宾客有邓演达、陈延年、邓中夏、恽代英、陈赓、彭湃等。曾在法国与周恩来一起留学的李富春、蔡畅夫妇抵穗，也赶来贺喜。席间，张治中说，新娘子在五四运动中当过演讲队长，要让邓颖超讲恋爱的故事，大家拼命鼓掌。邓颖超后来回忆说：“当时恩来特别担心，怕我应付不了。其实，我什么也不怕。”邓颖超就站起来，把他们相识、相爱的经过，从头至尾说了一番，还背了周恩来写在明信片上的一首诗。张治中夸赞邓颖超果然“名不虚传”。客人们轮流着一杯杯地向新郎新娘敬酒，邓颖超不会喝酒，体贴的周恩来把敬给新娘的酒一杯杯全代她喝下去。只看到他一杯又一杯，竟喝了三瓶白兰地。邓颖超又急又心疼，却又挡不住客人的敬酒。当晚周恩来喝醉了，不过他有极强的自制力，没有失态，只是咕哝着，不放李富春和蔡畅走。邓颖超和蔡畅把周恩来扶到阳台上吹吹风，邓颖超找来一碗醋，让周恩来喝了醒醒酒。她知道明天一早，他还要赶到广东大学去主持黄埔军校新生的入学考试。李富春一面问着“恩来，你好一些了吗”，一面埋怨张治中、陈赓他们闹得太过分了。蔡畅打来一盆清水，让邓颖超用毛巾浸透凉水给周恩来擦脸。凉风习习，时过夜半，周恩来渐渐清醒。他连忙谢过李富春和蔡畅，催他们快回房休息。邓颖超对他说：“我没有想到他们这样灌你，酒喝多了会伤身体的，以后，千万再不能喝这么多酒了！”周恩来见妻子这样心疼和责备自己，不好意思地笑了。他和邓颖超又在阳台上待了一会。夜凉如水，邓颖超扶他回房躺下。晨光熹微，周恩来匆匆起床，用凉水擦了擦脸，和陈赓一起赶到广东大学去了。

延展阅读 ……

太平馆西餐厅

太平馆是广州最早的西餐厅，其历史可追溯至清朝咸丰年间。创始人徐老高曾在外国洋行掌勺，辞职后于1860年在广州南关太平沙开铺，取名“太平馆”，招牌横书“太平馆西菜”，直书“番菜番饼”。凭借独特的风味，太平馆不仅驰名南粤，而且成为当时社会名流的交际聚会场所，不少文化名流如鲁迅、郭沫若、郁达夫等都曾是座上客。1925年周恩来与邓颖超在太平馆摆婚宴。1927年，太平馆在永汉北路（今北京路）开设支店。1938年广州沦陷，太平沙总店被洗劫一空，从此关闭。永汉路支店也暂时歇业，后虽一度复业，但业务清淡。1956年，太平馆被正式接管，实行公私合营。1959年1月，周恩来返回广州开会，又在这家餐馆回请了时任全国政协委员张治中。餐馆三楼保持旧貌，仅摆几桌台，挂着周恩来和邓颖超新婚的照片。1959年和1963年，周恩来也来过这里吃饭，他每次来必点乳鸽，邓颖超则喜欢吃牛扒。餐厅于是推出了总理套餐、总理夫人套餐，很受欢迎。

太平馆西餐厅

杨殷的“育女经”

第一次国共合作时期，因工作需要，杨殷将万福路的住所设为联络机关，把杨爱兰和杨民皓从澳门妻舅处接到广州来同住了一段时间。组织上从顺德调来平姐，又安排了交通员权叔以佣人的身份作掩护，做机关工作。每当杨爱兰提起与父亲相处的时刻，孩提时的欢乐在她的脸上尽显无遗。她说：“爸爸很爱我们，稍有空隙，就跟我们姐弟俩讲苏联人民解放的故事。他总是很忙，虽然同住一屋，我们却很难见到爸爸一面。即使他在家里，也是和一些叔叔伯伯关起门来开会，或者伏案写东西。这个时候，我就拉着弟弟蹑手蹑脚地从门缝里看爸爸，尽管看到的只是他的背影，我们的心里也充满了愉悦。”与父亲一起生活的三年，尽管相处的时间是那么短暂，却留给

杨殷（1892—1929），广东香山人。1922年加入中国共产党，参与领导了省港大罢工、广州起义等。杨殷是中国共产党早期重要领导人之一，坚定的无产阶级革命家，著名的工人运动领袖，党的早期军事工作的重要领导者和情报保卫工作的重要开拓者之一。2009年9月，被评为“100位为新中国成立作出突出贡献的英雄模范人物”。

儿女们永恒的记忆。杨殷疼爱儿女，更关注他们的身心健康，并不因为很少有时间享天伦之乐就溺爱孩子，更不会因有亲人帮着照看就疏于对他们的教育。

杨爱兰在与父亲生活的那段时间，看到父亲与叔叔伯伯谈话时以及写文章时叼着雪茄烟沉思的样子，觉得挺帅气的，就想模仿一下。

一天，杨爱兰放学回家做完功课后，看见平姐在煮饭，便在客厅取了一根香烟学着抽起来。正好杨殷回家了，杨爱兰慌忙把拿着烟的手收在背后。其实杨殷在进门的时候已经发现了女儿的行为，但并没有责骂她，而是平心静气地问：“爱兰，你手里拿的是什么？”

“没拿什么。”杨爱兰理

亏，声音小得几乎自己才听得到。

“那你把身转过去。”

杨爱兰一转身，拿烟的手仍是在背后。

杨殷问：“烟好抽不？”

杨爱兰知道瞒不住了，乖乖地把烟放到烟灰缸里。杨殷耐心地对女儿讲为什么小孩不能学抽烟，使她明白了大人抽烟也是不得已的事。此后，她就再也没碰过烟了。

有一次，杨殷的妻舅从北京托人带来一根金华火腿。当晚，杨爱兰在客厅做功课，弟弟在一旁叠纸飞机玩耍。平姐见杨爱兰做完功课了，就叫姐弟俩去睡觉。

弟弟不情愿地说：“我要等爸爸回来。”

因晚上要开会，平姐就哄他们说：“今天，你们的舅舅叫人带来了一根金华火腿。你们乖乖睡觉，明天就有火腿吃。”

虽然杨殷家境殷实，但他一心扑在革命上，家里的钱财都用在了革命工作上，家里只是粗茶淡饭，从不多花一分钱。好久没闻到肉腥味的姐弟俩一听说有好东西吃，就很听话地睡觉去了。

次日，杨爱兰一醒来脸也不洗就跑到厨房去问：“权叔，午饭是吃舅舅送来的火腿吗？”

权叔回答：“昨天晚上很多人来开会，全吃光了，剩下的骨头也拿去煲粥了。”

“是舅舅给我们的，为什么一点都不留给我们？呜呜……”杨爱兰失望地哭了。

杨殷知道此事后，便给杨爱兰讲了一番道理：“叔叔伯伯是值得我们敬爱的劳动者，他们辛苦做工为社会创造了很多财富，劳动者最光荣。既然有尊贵的客人来了，就要拿最好的东西来招待。这次你没吃上金华火腿，以后长大了，靠自己劳动所得再买来吃，吃起来不是更香吗？”

话说回来，在那个年代，金华火腿是如金子般昂贵的食品，杨殷和那些叔叔伯伯哪舍得吃，早就把它换成组织的活动经费了。

延展阅读 ……

杨殷与潘佩贞

杨殷是个感情专一的汉子，发妻去世七年仍未再娶，一则是深爱着亡妻和儿女，二则一心扑在革命事业上的他无暇顾及儿女私情。直至1928年初，杨殷撤退到香港，陈少泉做主将自己二房太太的养女潘佩贞许配给杨殷作继室。早在辛亥革命时期，陈少泉就在杨殷的劝说下，将各房太太的丫鬟都收作养女，潘佩贞自小就得到了念书认字的机会。她除了深深感激养父养母的养育之恩外，对杨殷也十分感恩。随着年龄的增长，少女心思起了微妙的变化，爱戴之上又多了倾慕之心。杨殷当然能感觉到少女火热的心，但他想得更多的是自己是一个革命者，随时都有牺牲的可能，因而不想拖累他人。陈少泉看在眼里，便极力撮合了这段姻缘。然而这段婚姻的结果，正如杨殷所料，他们实际上在香港只过了两个月的家庭生活，尔后，杨殷便一直在为革命事业奔波，直到牺牲。

（供稿单位：广州白云山陈李济药厂有限公司）

张太雷领导广州起义

南昌起义后，中共中央召开紧急会议，确定了实行土地革命和武装起义的方针。1927年8月下旬，张太雷一到广东，便立即传达会议精神，研究制订广东全省的暴动计划。11月，张太雷到上海中共中央参加制订广州起义计划，下旬回到广州主持武装起义准备工作，组建了广州起义指挥机构——革命军事委员会，担任总指挥。张太雷接连组织召开省委会议和工农兵代表会议，研究确定起义时间、行动部署、政纲、宣言以及起义后建立苏维埃政府等事宜。

正当准备工作紧张进行之时，起义消息泄露。张太雷当机立断，于12月10日召开省委紧急会议，决定提前一天起义。12月11日凌晨，国民革命军第四军教导团全部、警卫团一部和广

张太雷（1898—1927），无产阶级革命家，中国共产党早期的重要领导人之一，中国共产主义青年团的创始人之一，青年运动的卓越领导人，广州起义的主要领导人。他是第一个被派往共产国际工作的中国共产党的使者，是党内著名的政治活动家、宣传家。1927年12月12日，他在广州起义战斗中被敌人枪击身亡，为探索中国革命道路献出了29岁年轻的生命，是中共历史上第一个牺牲在战斗第一线的中央委员和政治局成员。

州工人赤卫队七个联队以及市郊部分农民武装，联合发动武装起义。经过几个小时的激战，起义军占领广州绝大部分市区。

广州起义进入第二天，将近三个师的国民党正规军反扑过来，全城起义军四面受敌。12月12日上午，观音山的争夺战还在继续进行，战事呈僵持状态。张太雷于中午在西瓜园召开了群众大会，宣告苏维埃政府成立，并发表了激情热烈的演说。这是中国共产党建立的第一个城市苏维埃政权。

会后，张太雷和共产国际代表德国人纽曼、司机、卫士共4个人乘坐一辆敞篷汽车，向设在原公安局内的广州苏维埃政府驶去，还准备到附近的观音山阵地巡视一番。当时参加起义的单位很多，特别是工人赤卫队的组织工作很差，时常分辨不出敌我，多次出现开枪误伤，只有靠脖子上的红带子和车子上的红旗来区别。

汽车离开西瓜园不远，行驶至惠爱西路，前面的街上突然出现了一群身着便装却拿长短枪的人，远远的也看不清他们脖子上到底扎没扎红领带。当时在市内经常有穿便装的赤卫队员拿着武器巡逻，张太雷和纽曼以为这也是工人队伍。张太雷的卫士是临时找来的，没有什么警卫工作经验的他坐在司机身边，对前面的人也未在意，手枪还装在枪套里，没有按照临战要求紧握在手。

迎面过来的这批人看见插着红旗的汽车，一声呼啸，马上散到路边举起枪来。原来，他们是由工贼组成的广州机器工会“体育队”的反动武装，当时潜入市区就是要进行袭扰。他们见到插着红旗的小汽车，认定是共产党的重要人物，于是立即开枪射击。

看见前面的人群散到路旁并举枪，司机立刻感到大势不好，缺乏斗争经验的他马上紧急刹车，而这恰恰是一种糟糕的办法。行驶中的汽车如果遇到迎面的开枪袭击，最好的办法是开足马力猛冲过去，停车则等于将自己暴露在行刺者的火力封锁之下。后座上的张太雷和前座上的卫士同时发现了险情，马上拔枪。可是这时对方的枪已经响了。张太雷身中三弹，其中一弹命中心窝，使他立即倒在车内。卫士和司机也当场身亡。只有纽曼有作战经验，枪响时缩在后座里，枪声过后便跳车飞跑脱险。

年仅29岁的张太雷是第一个牺牲于战斗火线中的中央政治局成员。聂荣臻曾回忆道："太雷同志虽然是我们党内有威望的领导者，是一位好同志，但他是书生出身，缺乏军事常识，缺乏领导武装斗争的经验。身为书生出身的最高领导，在缺乏经验时仍敢于拼杀，表现出战士之勇并在火线牺牲，这种无畏的革命精神还是值得后人敬仰。"

延展阅读 ……

西瓜园

在广州市的人民中路248号门前有一块标着"西瓜园遗址"字样的石碑，由广州市文化局于2007年9月28日设立。"西瓜园"是老广州人对人民中路和诗书路一带的通俗叫法，大致范围是人民中路以东，大德路以北，诗书路以西，观绿路以南。清代以前，西瓜园是广州西城郊外，人烟稀少。清初的西瓜园是清兵练习射箭的场所。近代以来，西瓜园作为广州城内最重要的集会地点之一，多次见证了广州历史的变迁：广东商团曾驻地于此；1924年还举行了广州第一次三八国际妇女劳动节纪念活动，何香凝主持，发表精彩演说……广州起义中，起义军攻下国民党保安团所在地西瓜园，并在此召开群众大会宣告苏维埃政权成立。中华人民共和国成立后，广州日报社于1952年在西瓜园附近创立，1956年迁入西瓜园。此后广州日报社一直将其作为办公地，直至2019年1月迁出。

（供稿单位：广东省委党史研究室）

西瓜园

广州起义中的浴血女兵班

1926年12月的一天，《新蜀报》登载了中央军事政治学校武汉分校（简称武汉军校）招生的消息。在重庆第二女子师范学校求学的游传玉不顾家人反对毅然报考。1927年，通过考试的游传玉与赵一曼、陈德芸等300多名学生登上“其春”号客轮，从朝天门码头沿江东下，抵达武汉。

为便于保密，组织上要求学生们改名，19岁的游传玉将名字改为游曦，表明看到了曙光，将迎着初升的太阳，为革命奋斗终生。

1927年5月，夏斗寅叛变，武汉军校学生和中央农民运动讲习所的部分学生，编成由叶挺率领的中央独立师，出发西征。

游曦是这个队伍中最小的一位，不过这并不妨碍她的智慧和勇气。有一次，独立师的女生队接到农民报信，赵一曼、游曦和陈德芸等几个女兵奉命到咸宁乡下去抓被群众称为“活阎王”的土豪何颜旺。当赵一曼等进入土豪大院搜索时，游曦发现土豪正在一条田间小路上奔跑，她大喝一声“站住！”并朝天开了一枪，吓得土豪“扑通”一声趴在地上。游曦和姐妹们立马冲上前去将他豪绑了起来。经过审问，何颜旺供认，他是敌人派来刺探军情的。小女子抓住大土豪，这件事让游曦成为队里的红人儿。

1927年11月26日，中共广东省委根据党中央的指示，作出了广州起义的决定，组织共产党所掌握的第四军教导团和警卫团一部以及工农武装，发动武装起义，在教导团里有游曦、郑梅仙、廖德璋、曾宪植等30多个女兵组成的女兵班。游曦是共青团教导团支部委员、女兵班班长，

游曦（1908—1927），原名游传玉，1908年3月26日生于四川巴县嘉陵江畔的大阳沟（后划入重庆市）的一个手工业家庭。1924年，游曦考进了重庆女二师学习，在萧楚女老师的启发教育下，她如饥似渴地学习马克思主义著作，积极投身社会活动，并参加了共青团，走上了革命的命道路。1926年底，北伐军控制了四川局势，中央军事政治学校武汉分校在四川招生。游曦毅然投笔从戎，和赵一曼等180多人被录取。游曦是英勇无畏的共产主义女战士，后参加广州起义，献身羊城。

她怀着对敌人的深仇大恨，苦练杀敌本领，积极协助团委书记唐维工作，带领女兵班的团员到工厂，发动妇女起来斗争。

12月10日晚，游曦通知她的女兵班做好作战准备，她彻夜未眠，思考即将来临的战斗，憧憬着未来的胜利。11日凌晨3时许，教导团举行起义誓师大会。中共广东省委书记张太雷和红军总指挥叶挺，中共广东省委委员、原中央独立师党代表恽代英等相继在大会上作了起义动员。游曦和同志们盼望已久的起义日子终于到来了，他们立即摘下了国民党青天白日帽徽并扔在地上，系上起义的标志红领带。3时30分，教导团的枪声划破了沉寂的夜空，揭开了广州起义的序幕。教导团、警卫团、黄埔特务营和工人赤卫队组成的起义大军，按预定计划，向各个反革命巢穴攻击。游曦领导的女兵班作预备留守团部。由于起义军民的英勇战斗，黎明前已解放了珠江北岸大部分地区，起义军民攻占公安局后，立即在公安局内成立了广州苏维埃政府和工农红军总指挥部。

12日晨，国民党军队在帝国主义支持下反扑。在观音山上、珠江岸边都进行着激烈的战斗。当天下午，教导团炮三排派了几个战士回四标营团部取弹药。游曦和李桂枝等一面端开水给他们喝，一面了解前线的战况。形势加剧恶化，游曦奉命率领女兵班到珠江北岸的长堤，执行阻击李福林军队渡江的任务。当晚10时以后，起义军主力已撤出广州。13日，国民党的军队在英、日帝国主义军舰炮火的支持下蜂拥进入市区。来不及撤退的起义士兵和工人赤卫队，在市内与敌人浴血战斗。

游曦的女兵班与指挥部已失去联系，仍坚守在长堤的天字码头附近，狙击敌人的增援部队。女兵班打退敌人多次进攻后，伤员不断增加，粮水断绝，子弹也不多了，形势十分危急。游曦决定派一个战友回指挥部联系。那个战友说："班长，你亲自去吧！我们坚决顶住敌人！"游曦严肃地说："这是什么时候，我不能离开这个岗位！"她停顿一下，用严肃的口气说："去吧！告诉指挥部的领导，我们宁愿流尽最后一滴血来保卫苏维埃政权。"这个战友走后，敌人又进攻了，游曦和战友们甩出了最后的几个手榴弹，冲上前去和敌人拼刺刀，又一次打退了敌人。但是，她们的子弹已打光了，刺刀也拼缺了。游曦指着飘扬在阵地上的红旗，坚定地对身边几个负伤的战友说："同志们，我们子弹打光了，就从阵地前的敌尸中去捡子弹，只要有一个人活着，就要高举起这面大旗！……"她的话还没有说完，敌人又疯狂地扑过来。19岁的游曦和她的几个战友，英勇地献出了她们年轻的生命。

延展阅读 ……

游曦的同学赵一曼

赵一曼（1905—1936），原名李坤泰，学名、又名李一超，字淑宁，生于四川省宜宾县一个富裕家庭，原是个大家闺秀。赵一曼是她投身革命后另取的一个名字，是为了保守党的秘密，为了使亲友不受牵连。1926年考入宜宾女子中学，加入中国共产党。同年10月考进武汉黄埔军校，1927年被派往莫斯科中山大学学习。1928年回国后一直在上海等地从事党的秘密工作。1931年“九一八”事变后，赵一曼前往东北进行抗日活动。1932年任满洲总工会秘书、组织部长。1933年10月兼任哈尔滨总工会代理书记。1934年7月任中共珠河中心县委委员、县委特派员和妇女会负责人、铁北区委书记。1935年受伤被俘。因为她的利用价值，关东军把她放在医院医伤。但是她说服了一个护士和看管她的伪满洲国士兵，帮她逃走，被日军追回。后遭到日本关东军拷打，但赵一曼始终顽强不屈。1936年8月2日，被杀于珠河县（今黑龙江省尚志市）小北门外。

（供稿单位：广州市委党史研究室）

刑场上的婚礼

1928年2月6日，在广州红花岗刑场上，两位青年革命者，从容不迫地举行结婚典礼。他们就是广州起义行动委员会负责人之一的周文雍和当时中共两广区委妇女委员陈铁军。

陈铁军出身于华侨商人家庭，在五卅运动革命浪潮的冲击下，她由只追求个人上进的大学生，转变为心系国家民族、积极参加进步活动的革命者，并于1926年加入了中国共产党。1927年，在蒋介石于上海发动“四一二”反革命政变后，广州也发生了“四一五”反革命事件，白色恐怖笼罩着广州。这时党组织派她协助周文雍工作。周文雍是中共广州市委工委书记，正夜以继日地准备武装起义，反抗国民党的屠杀政策。因工作需要，党组织指示周文雍和陈铁军合租一个房子，建立

周文雍（1905—1928），广东开平人，1923年加入中国社会主义青年团，1925年加入中国共产党。曾任中共广东区委工委委员、广州工人纠察队总队长、中共广州市委组织部部长兼市委工委书记等职。

陈铁军（1904—1928），原名陈燮军，广东佛山人。1922年春，陈铁军考入广州坤维女子中学初中部。1924年秋，她考入广东大学文学院预科。求学期间，为追求进步，铁心跟共产党走，她将原名燮军改为铁军。1926年4月，陈铁军加入中国共产党。

秘密联络点。为了掩护工作，他们假称夫妻。工作上的互相帮助和生死与共的斗争把这两个年轻人紧紧地联系在一起。但在当时，他们都以事业为重，顾不上谈个人的爱情。

有一次，周文雍在街头游行中被警察逮捕，幸亏未暴露真实身份。为了救出周文雍，陈铁军以“妻子”身份探监时，带去用红辣椒炒的饭菜，还偷偷送进许多红辣椒，并叫周文雍不许喝水。周文雍吃了几餐辣椒饭后满脸通红，如同发高烧一样说胡话，陈铁军趁机说：“不得了啦，他患了伤寒病啊！”一提到伤寒，整个监狱里面的人都害怕了：“赶快送走吧，免得传染他人。”于是，陈铁军与事先疏通了的狱医一起把周文雍送进医院。地下党马上派人到医院支走看守的警察，将周文雍抢出来送回“家”中。

穷学生出身的“丈夫”周文雍有杰出的领导能力、坚定的信念，他忘我工作的精神很快吸引了陈铁军。而陈铁军的勇敢聪慧、蕙质兰心也吸引了周文雍，尤其是周文雍受伤未愈时，陈铁军像妻子一样细心照顾。患难见真情，两人的感情发展到近似夫妻，只是从未说破。

广州起义后，周文雍和陈铁军接到要在1928年春节期间发动名为“春季骚动”运动的指示，陈铁军扮成雍容华贵的“金山少奶奶”，在广州拱日路租了一间洋房，迎接打扮成从美国归来的“金山阔少”周文雍。大年初五，因为叛徒的告密，在春节的爆竹声中，警察前往秘密据点抓捕了周文雍和陈铁军。当时在家的陈铁军听到动静，搬动窗台的花盆发出信号。不幸的是，周文雍未发现这一告警信号，跨进门后，两人被捕。

两人被捕后，警察局局长朱晖日亲自提审。不管“放飞机”“坐老虎凳”“插指心”等酷刑如何逼供，两人都决不吐实，周文雍还在监狱墙壁上题写了《绝笔诗》：“头可断，肢可折，革命精神不可灭。壮士头颅为党落，好汉身躯为群裂。”朱晖日恼怒之下，决定公开处决他们。

当敌法官宣判二人死刑时，他俩神态自若。敌法官问周文雍有什么要求，他提出和妻子陈铁军合照，敌人应允了，把摄影师带到监狱里来。他和陈铁军肩并肩站在铁窗下照了一张相，作为给党组织和同志们的永别留念。

1928年2月6日，周文雍和陈铁军被敌人押上刑场。两位烈士态度从容，昂首挺胸，高唱《国际歌》。在广州红花岗刑场上，他俩沿途慷慨激昂地高呼“打倒帝国主义！”“打倒国民党！”“中国共产党万岁！”的口号，并向周围的群众宣布：“我们要举行婚礼了，让反动派的枪声来作为结婚的礼炮吧！”

枪声响起前，陈铁军看见周文雍的白衬衣的领子向内折了，轻轻地为他整理，坚定地说：“我们要整整齐齐、神采奕奕地就义。”周文雍微笑点头，提起她的围巾的一端搭在自己的肩上，从容就义。

陈铁军临刑前的这番话和两人的英勇表现被当时广州和香港的报纸报道，许多人为此感动。这是流传后世的在刑场上举行的悲壮婚礼，也是全世界绝无仅有的最美婚礼。就义时，周文雍年仅23岁，陈铁军24岁，正值最青春美好的年华。

延展阅读 ……

红花岗

位于广州中山三路的红花岗，见证了中国革命的风起云涌。

辛亥革命前后，分别有4位同盟会成员被捕牺牲，安葬于红花岗，称“红花岗四烈士墓”。1927年广州起义，5700多名起义军民惨遭反动派杀害，部分烈士遗骸丛葬于红花岗。此后多有被反动派逮捕后英勇就义的革命者埋于此。1954年，广州市人民政府在红花岗兴建陵园，由周恩来手书“广州起义烈士陵园”镌刻于正门石壁上。1986年，曾参加过广州起义的叶剑英逝世，按照其遗愿，骨灰安葬于烈士陵园。

（供稿单位：广州市委党史研究室）

广州起义烈士陵园

“六亲不认”的黄平民

1925年，黄平民被派遣回国，在中共广东区委委员杨殷的直接领导下工作。

在广州，黄平民被安排居住在党组织的秘密联络点——海味街14号二楼。为了方便开展工作，杨殷指派地下党员李少棠为黄平民的联络员，并让她与黄平民以表姐弟相称。

1927年12月11日凌晨，为反抗国民党反动派的血腥镇压，中共广东省委在广州举行了震惊中外的武装起义，并宣告广州苏维埃政府成立。13日中午，敌军从四面八方进攻广州，起义军民坚守街垒，浴血奋战，黄平民带领一批赤卫队员与敌人顽强战斗。战友的鲜血染红了他的衣服，子弹贴着他的身体而过。最终因寡不敌众，起义部队奉命撤出广州市。十几天后，在李少棠及家人的帮助下，黄平民乔装离开广州到香港，找到已转移至香港的省委。

广州起义失败后第四天（12月17日），中共广东省委和共青团广东省委联合向各地党团组织发出通告，指出广州起义虽然遭受挫折，但是广东人民推翻反动统治、夺取政权的暴动决不会停止。会议前后，在省委和各地党组织的领导下，广东又掀起了武装起义的高潮。在此形势下，黄平民由省委委派，肩负着筹备武装暴动的重大使命，于2、3月间，离开香港返回南路参加廉江县委的领导工作。

3月下旬的一个晚上，黄平民带领100多名党员和农运骨干，提着他亲自书写的几大箩筐标语，来到了距廉江县城不到

黄平民（1900—1928），广东廉江塘蓬镇八元塘村人。小学毕业后考上省立高州中学。1920年高中毕业，考上到法国勤工俭学的半公费生。1923年，黄平民在巴黎加入中国共产党，成为廉江第一个党员。随后到莫斯科东方劳动者共产主义大学学习。1925年初离苏回国，其间，黄平民参加了省港大罢工，还参加了北伐战争。1928年，特委决定让黄平民回廉江工作。11月6日，黄平民出席在香港召开的广东省委扩大会议，被补选为省委常委候补委员。12月，由于叛徒出卖，黄平民不幸被捕，牺牲于高州城东门。

5公里的梧村垌禾山岭烈士墓地，在墓地周围的树林、山坡贴上或摆放“打倒国民党反动派！”“消灭地主，杀尽豪绅，分田分地！”“中国共产党万岁！”等标语。黄平民带领大家向烈士默哀，并致悼词。最后，他带领大家唱《国际歌》，刹那间，口号声和鞭炮声响彻夜空，震撼山谷。

廉江塘蓬北部山岭重叠，双峰嶂、仙人嶂、鸡笠嶂、彭岸嶂等山高林密，周围盛产粮薯竹木，有充足的给养条件，又是黄平民的老家，群众基础较好。黄平民决定利用这一有利条件，发动群众，扩大队伍，建立武装根据地。每天晚上，他利用乡亲们来看望他的机会，宣传党的主张和革命道理，为发动廉江第二次农民武装起义做准备。

经过黄平民及其他党员干部深入细致的艰苦工作，一度陷入低潮的廉江革命又出现了蓬勃发展的态势。

黄平民离家近10年未曾返乡。在广州时，家人知道了他回国的消息，盼望着他回家一聚，他的胞妹黄淑贞还专程到广州寻找。然而，为了地下工作需要，黄平民明知妹妹来找却避而不见，结果黄淑贞在广州找了一个月，一无所得，只好扫兴而归。有一次，黄平民回到廉江经过家乡合江村时，李绍芬曾关切地向他提醒，要不要先回家看一看，黄平民谢绝了，他认为在这种形势下，他不宜与封建地主家庭联系。又有一次，黄平民路过塘蓬的塘背村时，巧遇他童年时代的私塾老师黄天甫。黄老师告诉他，家人非常想念他，天天盼望着他回家团聚。黄平民恳请老师不要把见到他的消息告诉家人，因为他觉得现在还不是探家的时候。黄平民当选南路特委书记后，工作岗位迁到广州湾。这个消息传到廉江，家人马上让黄平民大哥黄香山到广州湾找他。各处寻找未果后，竟然在赤坎汽车站与他相遇。大哥欣喜若狂，黄平民却迫于周围便衣特务和法国警察林立，不得不强忍着相认的冲动，平静地对大哥说：“对不起，你认错人了！”然后挣脱大哥的手，上车离去。

延展阅读 ……

黄平民以诗明志

1920年秋，黄平民高中毕业后即离开家庭和妻儿，远赴重洋，到法国留学。到法国巴黎后，在紧张学习和繁重劳动之余，黄平民接触了马克思主义，彻底改变了他的思想及其命运。他决心以马克思主义理论改造旧中国。1923年，黄平民加入了中国共产党，他曾坚定地对挚友罗自琦说："这信仰一确立，至死不改变！"不久，经中共旅欧总支部选派，黄平民秘密前往苏联深造。离开柏林前夕，黄平民心潮澎湃，思绪万千，挥笔写下五言诗：

世界如潮涌，雄心万里驰。
曙光浮一线，宇宙尚昏迷。
原野垂绿荫，云天树赤旗。
万民欢呼日，游子省亲时。

他将这首诗附在信里，寄给万里之外的祖国家人，表明了他改造旧世界、不达目的不返家的决心。

（供稿单位：湛江市委党史研究室）

“卖身”找党

1929年初，中共南路特委委员陈信材、彭中英召集吴川、梅菉、廉江、化县等地的一些党员骨干，在化县横岭村彭中英家中开会，秘密商讨设法联系广东省委的计划。大家分析省委机关可能转去了香港，决定各个筹款，推举彭中英为临时负责人，由彭中英前往香港寻找广东省委机关。彭中英在省委工作过，对省委领导熟识。彭中英按计划由广州湾乘船赴香港，但因缺乏担保人而未能成行。

正当大家无计可施的时候，陈信材想出了一个办法，利用“卖猪仔”去香港，到了香港后再设法逃出来寻找党组织，这个办法可能有一线希望。

那时，广州湾经常有人贩运“猪仔”，公开招买“猪仔”

陈信材（1899—1967），又名陈柱，广东廉江贵墩村委会白鸽港村人。早年参加国民革命军，逐步擢升至连长。1925年10月辞去军职，回广东吴川从事农民运动，1925年12月由黄学增介绍加入中国共产党。不久，先后任中共吴川县支部书记、中共吴川县特支书记、吴川县农协筹备会主任。1927年“四一五”政变后担任南路农民革命委员会副主任、中共南路特委委员。1928年12月中共南路特委机关被破坏后失去组织联系。1939年秋恢复组织关系，在南路地区、粤中地区从事革命活动至解放，曾任廉吴边抗日联防区副主任。中华人民共和国成立后，曾任广州区航（港）务局副局长、广东省内河管理局局长、广州港务监督副监督长、广东省政协委员。1967年7月病逝于广州。

去南洋。陈信材毅然挺身而出，愿担此重任。

陈信材潜往广州湾，以劳工的身份“卖猪仔”得白银30元，此后便随人贩子坐轮船到香港伦泰客栈（猪仔馆）。三四十名“猪仔”被集中关禁在一栋楼房的三楼大厅，等候去南洋的轮船。人贩子把守很严，不准外出。陈信材另有打算，一路假装积极，表示会安心去南洋，讨好人贩子，争取信任。人贩子每天讲课，宣扬南洋如何好、怎样富，如何容易发财，列举很多到南洋后发财的人名，欺骗他们以安抚其情绪。

被关禁期间，陈信材秘密侦察周围环境，了解各方面情况，终于侦察到三楼厕所外不远处有条水管，手可以攀得到，如果狠狠抓紧，就可以顺着它滑下去，但万一抓不牢掉下去就会一命呜呼！在一个雷雨之夜，他心想机不可失时不再来，便下定决心，冒着生命危险，装成拉肚子试跑了两次厕所，动作选点都考虑好了，最后上厕所用最敏捷的动作穿过窗户，手攀水管悄悄往下滑，终于成功逃脱。

陈信材成功逃生后，急于找党组织，从香港到九龙，从簸箕湾到铜锣湾，天天来回找，找了半个多月，也遇不上一个熟人，卖身的钱也用得差不多了。考虑到还要留下回广州湾的路费，他连最便宜的客栈也不敢住了，每天晚上只好睡骑楼底或午夜后偷偷睡进楼梯底。白天虽然走得累，但心里不安，晚上也难以入睡。陈信材心想这样乱窜莽撞也不是办法。后来，他想到轮渡码头。当时香港只有尖沙咀一个轮渡。对！守在码头，如果有熟人在香港一定会往返九龙，经轮渡过海一定能遇见。于是他一天到晚守在码头，但守了一个星期，也未遇见一个熟人。

每天的吃饭都成问题了。陈信材偶然发现那时香港有个怪现象：当铺当衣物价钱高，衣摊旧衣服便宜。他便从衣摊买一件八九成新的衣服，再拿到当铺典当，每次可挣两个仙士，足够买一碗麦面或两碗粥充饥。守了两个星期码头，陈信材终于遇上一位熟人，他喜出望外，高兴极了。交谈之下，才知道他是粤北派来的，来香港也是找党组织联系。空欢喜一场。

由于在香港无法同省委联系上，陈信材只好乘船返回硇洲岛。其后，陈信材联络彭中英等人会合于硇洲岛，利用原有社会关系和当地商会的支持，以商人的身份秘密开展革命活动，并继续坚持寻找党组织。直到1939年秋，陈信材才恢复党籍。

延展阅读 ……

中共南路特委机关

1928年12月，中共南路特委机关和共青团南路特委设在广州湾的领导机关遭到严重破坏，特委的主要负责人差不多全部牺牲，幸存的特委成员虽然还有陈信材、彭中英、梁安成、卢宝炫等人，但他们当时分散在香港及南路各地，互相之间几乎全部失去联系，加上一些成员后来陆续离开南路地区，因此南路特委已处于完全解体的状态。为了重建党在南路地区的领导机关，尽快恢复各县市党组织的联系，中共广东省委于1928年12月派员到南路地区，拟先同廉江、遂溪、化县、茂名等县党组织接上头，然后再派正式巡视员到南路指导重建领导机关等工作，但是南路地区尤其是高雷地区各地再度陷入严重的白色恐怖之中，因而广东省委无法与南路地区的党组织接上关系。其后，广东省委仍继续设法恢复南路党组织的关系，并试图通过琼崖党组织去恢复、发展南路地区的革命斗争，但始终没有实现。

（供稿单位：廉江市委党史研究室）

童养媳闹革命

吕楚卿出生在海丰县鹿境新南村一个贫困的家庭，小时候因为家庭困难，被父母送给舅母当童养媳。在那个年代里童养媳非常多，她们的命运一般都很悲惨。但舅母对吕楚卿却视如己出，疼爱有加，给了她很大的安慰和鼓励。吕楚卿勤奋好学，热心助人。后来因为各种变故，吕楚卿放弃学业，进入海城南丰布厂做工。她聪明好学，工作认真，很快就能熟练工作。她经常帮助同事，谁的工作做得慢，或者有些不懂，吕楚卿都热心施教，年纪轻轻的她就被大家尊称为“吕大姐”。很快，吕楚卿从布厂的一名工人受聘为布厂的技术指导员，当选工会执委。

战火在燃烧，一个个英雄事迹不断出现在吕楚卿脑海中，一个崇高的信仰也正在心中燃烧。因为表现优秀，吕楚卿很快地加入中国共产党，并被选为海丰县妇女解放协会第二届执委。随着海丰县第三次武装起义的胜利，吕楚卿被党组织派往赤石工作，担任妇女主任。吕楚卿带领的妇女武装队伍，所到之处乡亲们赞声不绝。她们暗中消除黑势力，帮助共产党铲除敌人。中共海陆惠紫特委在黄山峒召开四县党代会，吕楚卿被选为特委妇委，领导四县的妇女们继续开展革命活动。

1929年的春天到来了，然而海陆丰这片山清水秀的鱼米之乡，在敌人的炮火下变得乌烟瘴气。一天，吕楚卿接到了上级的命令，海陆惠紫特委和海丰县委要在银瓶山石洞开会，吕楚卿和

吕楚卿（1898—1929），出生于广东海丰鹿境新南村一个贫农家庭。2岁时送给舅母作童养媳。18岁到海城南丰布厂做工，厂里工人多是童养媳，吕楚卿悉心帮助她们，被称为“吕大姐”。1925年布厂成立工会，吕楚卿当选执委委员。翌年受聘为华伦布厂技术指导。1925年秋加入中国共产党。1926年，吕楚卿被选为海丰妇女解放协会第二届执委。1927年第三次武装起义胜利，被党组织派往赤石任妇女主任。1928年红色政权失败，吕楚卿带领妇女武装队伍坚持反“围剿”。是年10月，吕楚卿参加中共海陆惠紫特委在黄山峒召开的四县党代会，被选为特委妇委，领导四县妇女的革命活动。1929年3月，为掩护特委和县委其他同志脱险，吕楚卿不幸被捕，慷慨就义，时年31岁。

她的妇女武装队必须做好安保工作，保证会议顺利进行。吕楚卿和她的姐妹们分工，对周边进行了严密的护查。虽然小心翼翼，但还是走漏了风声。妇女武装队员发现有大批敌人迅速地向银瓶山石洞直奔过来。她们报告给了吕楚卿，吕楚卿有序地安排海陆惠紫特委和海丰县委先撤离。她和武装队的姐妹们留下来阻击敌人，掩护特委和县委的同志们安全脱离危险。

不一会儿，敌人冲进了银瓶山石洞，看到空无一人的石洞，气急败坏，下令搜山。洞外传来了枪声，吕楚卿的武装队的姐妹们和敌人交上了火，敌人听到枪声，迅速向吕楚卿她们包围了过去。这时候，吕楚卿已经让特委和县委的同志们从另一边安全撤离了。敌人越来越多，吕楚卿和她的武装队姐妹们浴血奋战，枪声不绝于耳，最后，终因寡不敌众，她和几位武装队姐妹落入敌人手中，随后押至海城监狱。

因为吕楚卿是特委妇委，敌人对她进行了特别的“照顾”。敌人用烧红了的铁夹烫在吕楚卿的身上，吕楚卿痛得晕了过去，敌人再用冷水把她泼醒，要吕楚卿说出共产党人员的名单和秘密联络点，吕楚卿一个字也不说。敌人又拿来了铁针，把一根根铁针插入吕楚卿的手指，她痛得死去活来。面对一次次残酷的刑讯，吕楚卿决不告诉敌人丁点信息。敌人看硬的不行，就来软的。敌人假惺惺地对吕楚卿说：“你看你这么年轻貌美，青春靓丽，这是何苦呢？快告诉我们共产党的联络点吧！只要你说出来，我们就给你好吃的好喝的，还会放你出去，要是你愿意，还可以给你谋个一官半职。”吕楚卿听了哈哈大笑，说：“你们痴心妄想，共产党是什么？共产党是一个让人愿意牺牲一切的组织！你们别做梦了，你们的死期快到了！”敌人听了气得暴跳如雷。他们看吕楚卿依然坚贞不屈，就凶残地拿起铁锤，把她的双腿打断了……用尽了所有的手段和酷刑，吕楚卿还是不肯透露半点信息。

在1929年农历二月初五，他们把被打断了双腿不能站立的吕楚卿装在箩筐里抬着游街。吕楚卿在箩筐里仍高呼“中国共产党万岁！”。最后敌人残忍地把吕楚卿押上了刑场，巾帼英雄吕楚卿同志慷慨就义！

延展阅读 ……

海丰县妇女解放协会

位于汕尾市海丰县城龙山脚下龙山公园左侧的准提阁，曾是彭湃创办的海丰农民运动讲习所所在地。1925年5月，海丰县妇女解放协会成立，办公场所也设在此。

1921年，彭湃担任海丰教育局局长期间，通过聘请陈淑娟、周惠英等女知识分子兴办女校，开设妇女识字班及集会游行等举措，激励妇女接受新文化，逐步革除妇女思想束缚。1925年4月，海丰农民运动讲习所开办，其中有彭铿、陈新、章行、高云、张威、敖琼和庄

准提阁

启芳（苏惠）7名女学员参加学习训练，为海丰现代革命第一批“自由女”。1925年5月10日，广州新学生社女社员在广州正式成立广东妇女解放协会，揿开中国国民革命时期妇女解放运动的序幕。5月11日，海丰农民运动讲习所彭铿等女学员紧急呼应，在全省基层县级中率先以“海丰县妇女解放协会”的名义发表纲领和组织大纲，从伦理、法律、教育、劳工四个方面，号召女同胞打破男尊女卑的心理障碍，呼吁各界人士从社会地位、家庭关系等方面关注、支持尊重女性、解放女性、关爱女性的时代命题。海丰县妇女解放协会是中国共产党早期领导妇女解放运动的典范。

（供稿单位：汕尾市委宣传部）

鲜血染红大南山

郑振芬是海丰县海城镇高田社一户贫寒人家的女儿，由于生活所迫，12岁进入民生布厂当工人。她每天劳作十几个钟头，一双嫩手被棉纱磨出道道血丝。即使这样，每天夜晚，郑振芬仍缠着姐夫教她识字，借用邻居灯烛之光读书，从而认识了不少汉字。

17岁那年，郑振芬由父母许配给海城兰巷的吴某为妻，被抬进吴家大院，推搡着进入洞房。她对这桩父母包办的婚姻万般不愿，以沉默和绝食抗争到底，最后获得自由，摆脱了封建婚姻的羁绊。

1923年，郑振芬很快接受了新思想，成为民生布厂工会的执委委员。翌年冬天，郑振芬与同厂的拉纱工人谢振鸿在劳作中擦出爱情的火花，结成夫妻。

1926年春，郑振芬到梅陇筹划成立妇女解放协会。她常常深入农村，跟大妈大婶促膝谈心，动员她们参加妇女解放协会。郑振芬因此被任命为梅陇区的妇女主任，并被选为海丰县妇女解放协会第二届执委委员。

有一次，谢振鸿的堂兄在梅陇吸食鸦片被查办。谢氏家人很焦急，找到在赤石开展妇女工作的郑振芬帮忙说情。郑振芬晓之以理，动之以情，让前来求情的堂伯心服口服。谢振鸿为此有些埋怨妻子，但他入党后，随即转变了态度，从此更加支持妻子的工作。

1927年底，海丰第三次武装起义胜利后，郑振芬率领梅陇区妇女代表，意气风发地出现

郑振芬（1904—1935），又名振勋，广东海丰人，出生于一个贫苦的家庭。1923年参加革命工作，大革命时期她历任民生布厂工会执委委员，梅陇区妇女主任。1927年后任海丰县苏维埃政府委员、中共海丰县委妇女委员、中共海陆惠紫特委妇女委员。她与其他同志一起，在不到两年的时间里，先后建立六个红军主力团，拥有武装3000多人，并于1930年冬进入大南山，与古大存会合，建立大南山根据地。

在海丰县城的红场，见证了苏维埃政府成立大会。在这次大会上，郑振芬被选为海丰县妇女解放协会第三届执委委员。那时郑振芬总是留着齐肩短发，对襟衫的胸前佩戴徽章，腰间插着一支驳壳枪，英姿勃发，活跃在妇女队伍中。第二年，她不负众望，当选为海丰县苏维埃政府委员。

郑振芬经常在大南山打游击，生活很困难。1932年6月的一天，她在崎岖的山路上疾速行军，突然感到肚子一阵疼痛，随后诞下了一名男婴。

郑振芬既高兴，又烦恼：敌人天天搜山，如果婴孩啼哭，暴露东江特委机关，怎么办呢？郑振芬忍痛把嗷嗷待哺的孩子摸黑送出封锁线，寄养在大南山石叠乡一户农民家里。毕竟，孩子是母亲心头的一块肉，郑振芬有时也会陷入痛苦之中。

因为早在1927年9月初，郑振芬曾经生下一个女婴，粉嘟嘟的脸庞，莲藕似的腿脚，惹人喜爱。第一次当上母亲，郑振芬倍感欣慰和喜悦。然而，为了革命工作，郑振芬毅然把女儿送给海城下巷一户人家抚养。

两年后，郑振芬在莲花银屏山深井又诞下一个男孩。再次体验到的为人母的喜悦，对郑振芬而言就像天空里出现的绚丽彩霞，但转眼就消失了。因为为了躲避追捕，郑振芬把孩子送到亲戚家里，又辗转送回谢振鸿家里养育，可因风声走漏，郑振芬无辜的孩子被敌人残忍杀害了。

面对残酷的现实，郑振芬化悲痛为力量。她动情地说：“为了免除下一代的苦难，现在只能作点牺牲，待革命成功了，才生养孩子。”为此，战友们亲切地称她为“振芬姐”。

1930年，郑振芬当选为东江苏维埃政府执行委员。随后，她活跃在大南山的各个乡村，与农妇们面对面地谈心，向农妇们宣传革命道理，动员她们参加红军。1931年3月8日，在潮普惠苏维埃政府庆祝妇女节的现场，就有几十名妇女报名参加红军。1932年4月18日，郑振芬在中共东江特委的扩大会议上，被选为东江特委常委兼组织部长。

1934年1月16日，郑振芬以东江地区代表的身份到江西瑞金苏区出席中华苏维埃共和国第二次代表会议。她与毛泽东、周恩来、刘少奇等同志一起被选为中华苏维埃共和国中央执行委员。

为了突破敌人的封锁，郑振芬与丈夫谢振鸿携手并肩，率领战友在大南山打游击，避其锋芒，埋伏袭击，把敌人打得晕头转向。尽管郑振芬身染伤寒病，并伴随饥饿的折磨，但她乐观地对大家说：“只要一息尚存，就要沿着自己选定的路走下去。”

在一次战斗中，丈夫谢振鸿被流弹击中腿脚，与劳累昏倒的郑振芬一起住进大南山的石洞医院。时任东江特委常委的古大存来医院探望时，要郑振芬夫妇跟随红军突围撤退。郑振芬回答：“同志们抬着我们下山，如果被敌人发现，我们损失巨大。大存呀，青山处处埋忠骨，大南山就是我的家。”古大存热泪盈眶，说：“我们一走，大姐你们的处境更困难了。”“我们留下来，掩护你们撤退，是未来胜利的需要。”郑振芬紧握古大存的手，目送着他们远去的身影……

1935年5月的一个早晨，谢振鸿为了不让伤员挨饿，在拄拐下山寻找粮食时，不幸遭到敌人追击，牺牲了。敌人跟踪而来，扑向石洞医院。

郑振芬奋起抵抗，但敌人发射的一连串子弹袭来，顷刻间殷红的鲜血从郑振芬的胸脯涌了出来……5月的大南山，正是杜鹃开放的季节，有人说这是烈士的鲜血染红了大南山。那一年，郑振芬年仅31岁。

延展阅读 ······

古大存

古大存（1897—1966），广东五华人，早年就读于广东公立法政专门学校。在陈独秀等人影响下，逐渐接受共产主义思想。1924年加入中国共产党，参加第一、二次东征，参与创建东江革命根据地和东江红军，是东江革命根据地的主要创建者之一，先后担任中共东江特委委员、常委、军委书记，东江苏维埃政府副委员长，东江红军总指挥，红十一军军长。1946年，赴东北，历任中共中央东北局西满分局常委和秘书长、东北局组织部副部长、东北行政委员会交通部部长等。中华人民共和国成立后，担任第一届全国人民代表大会常务委员会委员，后任广东省人民政府副主席、中共中央华南分局第一副书记。古大存是东江农民运动的领袖，东江苏维埃政府和红军第十一军的创建人之一，被毛泽东誉为“带刺的红玫瑰”“一面斗争的旗帜”“模范共产党员”。

（供稿单位：汕尾市委宣传部）

礼堂智结抗敌会

1935年，随着日军在华侵略活动的进一步加剧和全国抗日热潮的高涨，广州的青年学生也积极投身到抗日救国的活动中。曾生和他的同学们采用张贴剪报、编排壁报等方式，积极宣传中国共产党提出的“停止内战，抗日救国”的主张。北平学生举行“一二•九”抗日示威游行的消息传到广州后，中山大学学子群情激昂，奔走相告。进步的同学们和受校董、广东省民政厅厅长林翼中操纵的“抗声社”的成员，展开了针锋相对的斗争。

为了粉碎国民党当局破坏抗日救亡运动的阴谋，曾生等人认真研究分析了当时的形势。12月30日，中山大学全校同学在石牌中大礼堂召开大会，严厉谴责了抗声社成员把持中山大学抗日会主席团席位、消极抗日的行径，并撤销他们的席位，重新选出学生代表团组成主席团。会上，曾生当选为主席团主席。

12月31日，中大学生举行第二次示威游行。下午2时左右，游行队伍到达西南政务委员会门前请愿，并选派代表六人由曾生带领和当局交涉，要求政府当局表达对抗日的态度。之后，队伍继续游行，沿途都有群众不断加入游行队伍，“全国同胞团结起来共同对敌！”“反对卖国投降政策！”“消灭汉奸，收复失地！”的口号声此起彼伏，“起来，不愿做奴隶的人们！”的歌声回荡在羊城上空。

1936年初，中山大学的师生员工决心把抗日救亡运动的热潮推向新阶段，1月6日，刚从南

曾生（1910—1995），原名曾振声，广东惠阳（今深圳坪山）人。广东人民抗日游击队东江纵队领导人。早年毕业于中山大学，曾参加爱国学生运动，被选为广州市抗日学生联合会主席。1936年10月加入中国共产党。抗日战争中，他为创建华南抗日根据地、发展壮大华南抗日武装作出了卓著贡献。解放战争时期，历任华东军政大学副校长，中共渤海区委员会副书记，渤海军区副司令员，人民解放军两广纵队司令员。中华人民共和国成立后，曾任广东军区副司令员，华南军区第一副参谋长，海军南海舰队第一副司令员，中共广州市委书记、市长，广东省副省长，交通部部长等职。1955年被授予少将军衔。曾获一级独立自由勋章、一级解放勋章。1995年11月20日在广州逝世。

京开完国民党第五次全国代表大会回来的校长邹鲁在中山大学大礼堂召开全校师生员工大会。这时，邓初民教授出来讲话，他面向同学们大声说：“同学们，你们的抗日救国行动是正义的行动，你们的呼声表达了全国人民的呼声。但，抗日救国是全国人民共同的大业，应不分党派、不分阶级联合起来共同抗日。谁不抗日，我们就打倒谁，谁抗日，我们就拥护谁，邹校长什么时候不抗日，我们就什么时候打倒他。”关键时刻，曾生抓住时机走上讲台，高声宣布继续开抗日大会，同时高喊：“请抗日会的筹备委员上台来！”当筹委会的委员都上台之后，曾生又宣布筹委会的委员即是今天大会主席团的成员，邹鲁立即表示“有意见”，曾生马上机灵地宣布“邹校长当然也是主席团成员”，将邹鲁也拉入抗日会的行列。随后，曾生即席发表了简短的讲话，建议让同学们现场讨论今后抗日救亡运动的行动计划并提出议案。各方就执行委员人数和名额分配产生分歧，曾生、钱兴等人经过巧妙的斗争，最终正式成立了中山大学员生工友抗敌会（因南京政府还未对日宣战，为争取合法存在，故公开不称抗日会而称抗敌会）执行委员会，曾生被推选为主席。

1月9日，中山大学学生3000多人，早餐后齐集石牌孙中山铜像前宣誓，然后浩浩荡荡向市区进发。午后2时左右，游行队伍汇集到长堤新填地广场（今省总工会一带）举行大会，发表抗日演说，一致通过成立了广州市学生抗敌联合会并推举曾生为主席。这次游行，表明广东的抗日救亡运动由原来的教育界扩展到全社会，由分散自发发展到集中统一领导的新阶段。

“一•九”大游行，引起了广东国民党当局的极大震动和恐惧，公然宣称学生“造反”，马上派出侦缉、特务四处查捕广州学生运动的领导和骨干，通缉曾生、钱兴等主要领导人员，曾生等人被迫转入秘密活动。广州学生的抗日救亡运动转入低潮。随后，中山大学停止了曾生的学籍。经商议，钱兴仍留在广州继续坚持斗争，曾生到香港寻找党组织。

延展阅读 ……

“一二·九”运动

“一二·九”运动又称为“一二·九”抗日救亡运动。1935年12月9日，北平（北京）大中学生数千人举行了抗日救国示威游行，反对华北自治，反抗日本帝国主义，要求保全中国领土的完整，掀起全国抗日救国新高潮。12月12日，北平学生举行第5次示威游行，高呼“援助绥远抗战”“各党派联合起来”等口号。这是中国共产党领导的一次大规模学生爱国运动。

12月16日，北平学生和各界群众1万余人又举行示威游行，迫使冀察政务委员会延期成立。之后，天津学生又组成南下扩大宣传团，深入人民中间宣传抗日救国。杭州、广州、武汉、天津、南京、上海等地相继举行示威游行。北平学生的爱国行动，得到了全国学生的响应和全国人民的支持，形成了全国人民抗日民主运动的新高潮，推动了抗日民族统一战线的建立。

“一二·九”运动公开揭露了日本帝国主义侵略中国、吞并华北的阴谋，打击了国民党政府的妥协投降政策，大大地促进了中国人民的觉醒。它配合了红军北上抗日，促进了国内和平和对日抗战。

（供稿单位：深圳革命烈士陵园管理所）

战时保育院的春天

1937年夏，因担任共产国际驻西贡第一任特委书记的父亲王苐川身份暴露被法国殖民者驱逐出境，未满5岁的王禄钢在父母的裹护下，乘邮轮避往上海。因为当时越南地下党只筹得3张船票，父母把王禄钢的两个弟弟忍痛托付给负责澳门地下党工作的两名战友，只带他一人出逃。

宋庆龄安排他们一家躲进上海的法租界。不久淞沪会战爆发了，小小年纪的王禄钢第一次亲眼看见了日本侵略者的飞机大炮给中国人民带来的战争灾难，到处是断墙残垣，满街是死伤人迹……

上海待不下去了，宋庆龄安排他们全家乘船赴重庆。一路上，遍地战火硝烟，到处是逃难民众。他们家在武汉稍作停留

王苇川一家

王苇川（1893—1950），出生于广东文昌（现属海南省）抱罗乡湖尾村一书香世家。1916年以优异成绩考上国立北京大学法科（现称法律系）。1919年，在北大接受共产主义思想，参加五四运动。1925年，在广州黄埔军校任法律教官。1926年，加入中国共产党，被党组织安排与时任黄埔军校政治部主任的周恩来同在一党小组。1932年，经越南共产党胡志明主席的提议，共产国际批准，中国共产党派王苇川赴越南，任共产国际驻西贡第一任特委书记。1937年，王苇川被越南法国殖民统治政府驱逐出境回国。1943年，王苇川积极配合中共南路特委，在东海岛创办民间演武社团义群堂和合群堂，为地下党筹集经费、物资，成为秘密交通站。1945年抗战胜利，王苇川领导南路工业合作社和遂溪青年抗日先锋队开展地下工作。中华人民共和国成立后，王苇川任湛江市教育局局长、商业局局长、市二中校长。

后，马上又从水路奔赴重庆。这时，在日寇铁蹄的蹂躏下，遍野尽是举家逃离战乱的难民，其中难童就有近一千万！他们流离失所，每天挣扎在枪炮、疾病和饥饿的死亡线上；更为骇人听闻的是，日军不断抓捕他们，关入细菌研究所，强迫他们当火线劳工或运往日本进行奴化教育。

在这危急关头，宋庆龄、冯玉祥夫人李德全、陶行知、郭沫若和共产党代表邓颖超等人筹备发起成立“中国战时儿童保育会”，全面拯救各地成千上万的难童。在宋庆龄的安排下，一直与党组织联系不上的王苇川暂留重庆第九集团军副总司令黄琪翔部工作；身为社会主义青年团团员、早年在上海大厦大学（后改为大夏大学）受过高等教育的母亲王坚，就带着王禄钢到了当时四川省成立的20个“中国战时儿童保育院”之一——在重庆与成都之间一个叫马王场小镇的战时儿童保育院。母亲王坚担任马王场战时儿童保育院的教员；王禄钢成了马王场战时儿童保育院年龄最小的“利”字班的一名学员。马王场战时儿童保育院的分班，是按学员的年龄大小，根据用血红大字写在学校操场的“抗战到底争取最后胜利”这10个大字来分班的，一共10个班。年龄最大的是“抗”字班，基本都是来自东北三省的从日寇的屠刀下逃出的战争孤儿。每天一早学员们列队进操场做操，他们总是高擎“抗”字大旗一脸庄严地入场。他们当中不少十七八岁的青年，后来先后入伍拿起枪杆血战沙场，保卫中华国土。

战时儿童保育院的粮食、衣物、教学用品等，绝大部分都是通过向全国人民募筹得来的。国民政府每月也有一些拨款，但不久武汉惨遭日寇飞机狂轰滥炸，重庆更首当其冲。兵荒马乱之中，这些拨款很难一一落实；即使落实，也很难从外面购买到东西，尤其是药品更为奇缺！于是，保育院的不少学员饥肠辘辘，实在忍不住的时候，就会偷偷跑到山边或田地里，去刨当地老百姓种下的花生、红薯等生吃充饥。不少学员由于寄生虫等染上了严重疾病。晚上经常听到生病或原来受伤未及治愈的学员痛苦难熬的号哭，保育院更不时要掩埋这些饱受日本侵略战争残害的少年同胞的尸体……

王禄钢回忆，即使生活这样残酷，但保育院还是像春天一般温暖，更像一团红红烈火在他和每一个学员的幼小心灵中燃烧着。老师和同学们排演《放下你的鞭子》和向大家教唱《义勇军进行曲》，抗战演出团也专门到过马王场为他们演出。演出当晚整个操场1000多学员坐得密密层层的，四周全部用火把照明。每每到了节目高潮处，“抗”字班的大哥哥、大姐姐总带领大家高呼口号：“消灭萝卜头！还我东三省！”

王禄钢印象最深的是上算术课，老师问大家：“4减2等于几？”他第一个举手回答：“等于2！”老师点头，全班鼓掌；跟着老师又问：“6减2等于几？”他又举手抢答：“等于2！”老师摇头，全班大笑！老师特意把他叫上来跟他说：“是等于4。”然后问他：“你知道这个4代表什么吗？”他摇头。老师意味深长地对他说：“4就是代表我们中国四万万不愿做亡国奴的同胞！”王禄钢说，自己钟爱数学就是从这一刻开始。即使他在1952年从湛江二中毕业参加全国第一次大学统考考上北京大学数学力学系成为华罗庚的弟子，他心中最刻骨铭心的数学题，还是当年孩提时在马王场战时儿童保育院的这道“6-2=4”。

/ 延展阅读 ……

王禄钢

王禄钢因为早年被划为“右派”，令他工作颠沛流离。辗转20余载，王禄钢既教过数学，又当过闲杂校工，甚至曾看门敲钟。从那时候开始，他在课堂上潜心教数学，而课堂下的点滴时间，就全用在中国象棋、国际象棋和围棋这三大棋的专研上。他不但在数学领域上培养出莫国彪、符积光和陈伟强等今天的美国数学博士、湖南大学数学教授和全国数学竞赛一等奖获得者，更为湛江棋坛孕育出许华坤、伍小蕾、梁栗、黄子钊、陈阳阳和陈富杰等横跨半个世纪的湛江市象棋、围棋冠军，广东、广西、湖南青少年象棋冠军等一大批优秀选手。湛江市体育运动学校成立后，王禄钢成为该校第一任中国象棋、国际象棋和围棋三个棋类运动项目的总教练。

（供稿单位：湛江市赤坎作协）

叶挺狱中作《囚歌》

西安事变后，蒋介石迫于国内外压力，同意国共第二次合作，一致抗日。但他还是担心出现能与他抗衡的力量，所以很想把当时的陕北红军和南方游击队改编了，特别是在改编南方八省游击队时，蒋介石给了一个新编第四军的编制。但到底让谁来领导这支部队呢？

这个人选只有叶挺最适合。叶挺救过孙中山夫妇，又是北伐名将，在国共两党中都享有盛誉。广州起义失败后，组织对他有不适当的处分，把他调到莫斯科学习后又进行批判。叶挺气愤之下出走西欧，与党脱离关系后到德国学习军事，因生活困难开过饭馆，旅欧五年后回到澳门。国民党要员得知后纷纷送礼拉拢，叶挺却一概拒绝。1937年全面抗战爆发后他马上赶到延安，毛泽东主持召开欢迎大会。会上叶挺激动地说："革命好比爬山，许多同志不怕山高，不怕路险，一直向上走。我有一段时间，爬到半山腰又折回去了，现在又跟上来了！"受中共中央的委托，叶挺以非党员的身份向国民党交涉。蒋介石认为由叶挺担任新四军军长，是可以接受的，所以叶挺就成了新四军军长的不二人选。

叶挺接受任务后，就新四军编制、干部配备、军费供给、集中地点等一系列问题与蒋介石进行交涉，并达成了协议。在组建初期，蒋介石曾要求压缩新四军编制人数，还想派人去控制部队，不肯承担军费供给，用种种无理要求进行刁难。叶挺则利用自己的特殊身份，同国民党当

叶挺（1896—1946），原名叶为询，字希夷，号西平，广东惠阳人，是中国人民解放军创始人之一，新四军重要领导者之一，著名军事家。抗日战争爆发后，任新四军军长。1941年皖南事变中被国民党当局扣押，坚贞不屈，写下著名的《囚歌》。获释后由重庆去延安途中，因飞机失事不幸遇难。

1988年10月，叶挺被中央军委确定为36名开国军事家之一。2009年9月评为"100位为新中国成立作出突出贡献的英雄模范人物"。周恩来曾评价："十年流亡，五年牢监，虽苍白了你的头发，但更坚强了你的意志；你是人民队伍的创造者。北伐抗战，你为新旧四军立下了解放人民的汗马功劳。"毛泽东曾称叶挺是"共产党的第一任总司令，人民军队的战史要从你写起"。

局的陈诚、何应钦、顾祝同等人据理力争，甚至以“辞职”逼蒋，最终迫使其让步。

不过新四军组建以后，叶挺的日子并不是很好过，主要因为他不是党内人物，新四军又是党的军队，新四军副军长、中共东南局书记项英以对党外人士的眼光看待叶挺，所以很多重要会议他参加不了，一些重要文件他也看不到。所以他在新四军的三年，曾四次辞职，负气回乡。

1941年1月皖南事变中叶挺被扣押，随后解往上饶牢房，接着又被关入桂林一个潮湿的山洞中。他不仅拒绝将事变责任推给共产党即可获自由的条件，为表示抗议还拒绝理发。一年多后，蒋介石认为他尝够了苦头可能会软化，下令押往重庆。据当时的军统特务沈醉记载，叶挺下飞机时头发胡子都很长，手持一个油灯。别人问白日为何举灯，叶挺回答说天还未明，对国民党的黑暗予以了辛辣的讽刺。他先被送进优待室，蒋介石当面劝他“悔过”，陈诚还许以战区副司令长官之职。叶挺断然拒绝，只要求释放被囚的新四军人员。蒋介石恼羞成怒，又把他关入重庆中美合作所单独监禁。在狱中，叶挺写下了著名的《囚歌》。

为人进出的门紧锁着，
为狗爬走的洞敞开着，
一个声音高叫着：
爬出来吧，给你自由！
我渴望着自由，
但也深知道——
人的躯体哪能由狗的洞子爬出！
我只能期待着，
那一天——
地下的烈火冲腾，
把这活棺材和我一齐烧掉，
我应该在烈火和热血中得到永生。

后来叶挺在特务监视下被流放到恩施、桂林等地，对国民党给的钱拒绝领取，只向朋友借生活费。有的高官到监房探问日后想干什么，叶挺说若能恢复自由，“第一件事就是申请中共中央恢复我的党籍”。经中共中央长期交涉，他于1946年3月获释。出狱第二天，叶挺便致电中央请求再次入党，两天后得到批准。同年4月8日去延安时，因飞机在大雾中撞山，与夫人及一子一女遇难。

延展阅读 ……

叶挺治“铁军”

1923年陈炯明进攻广州总统府时，叶挺率兵先掩护孙中山脱险，随后亲自手持一支“花机关枪”（即冲锋枪）扫射叛军，为已怀孕的宋庆龄突围打开通路。在大门外因拦截的火力猛烈，叶挺怕伤了孙夫人，勇中生智，让士兵先把一箱银元扔出去。叛军士兵顿时蜂拥来抢，叶挺乘机护送宋庆龄冲出去并很快消失在小巷中。

在北伐战争开始后，叶挺独立团一路打先锋，先后击溃北洋军阀部队十几个团。当时双方部队火力均不强，叶挺强调接敌后便猛烈射击，然后再迅速冲进敌阵将其打乱，乘其未及整顿再长途追击，后来总结成“猛打、猛冲、猛追”。他一向鼓励部队向前，对临阵退缩者便毫不留情地执行战场纪律。当时一些学生兵上了战场怯场，别人都告诫：“打仗千万不能后退，小心叶挺的手枪！”后来的红军一向能以少胜多，继承叶挺“铁军”这种战斗精神也是重要因素之一。

叶挺治军之严非常有名。1927年7月酷热的下旬他率部进入南昌，当时城内有不同省区和派系的多支部队，军装都系同一样式，叶挺部队的官兵在街上却容易辨认。因为不管天气再热，他们领口上的风纪扣都系得紧紧的，虽汗渍斑斑却从不松开。

南委英魂

1941年5月，大埔县大麻恭州村华侨何曼芳的宜慎山庄里，石榴花开得繁盛鲜红。这是一座中西合璧的建筑，隐藏于深山之中。不久前，中共南方工作委员会刚刚从大埔西河迁移至此。中共南方工委以及前期中共潮梅特委见缝插针，如楔子般立足粤东，体现了我党地下工作与敌斗争的大智大勇，善用特情，虎穴狼窟中建立功勋的气魄。

宜慎山庄二楼客厅的右侧第三个房间是一个小会客室，也是南委书记方方的办公室，这天在办公室的茶几桌前坐着3个人。一身灰色长衬衫教师打扮、俊朗白皙的是应约而来的南委副书记张文彬同志，一身西服华侨装扮、略显富态的就是南委书记方方，身材瘦长的则是南委宣传部长涂振农。

张文彬（1910—1944），原名张纯清，湖南平江人。1926年12月加入中国共产党。1927年春到武昌中央农民运动讲习所学习。1929年秋随彭德怀率部队转战湘赣边区坚持斗争。1934年任中华苏维埃共和国中央执行委员会执行委员。1936年春，调任毛泽东秘书。西安事变后，协助周恩来、博古、叶剑英等与国民党方面进行谈判。1937年10月，时任红军驻兰州办事处主任的张文彬奉命在香港九龙深水埗主持成立中共南方工作委员会，任书记。1938年4月，撤销中共南方工作委员会，选举产生中共广东省委员会，张文彬任书记。1940年11月，中共南方工作委员会在大埔西河成立，张文彬任副书记兼组织部长。1942年6月在“南委事件”中被捕。1944年8月牺牲。

方方为张文彬的到来感到由衷的喜悦。张文彬在香港、广州、韶关一带很活跃，其负责联系的香港、韶关办事处的电台可以直通重庆八路军办事处，跟党中央联系更为频繁，更容易得到党中央指示。方方对张文彬说：“在中央苏区大家开始认识，去年我们一起上延安，成了朋友，南委成立后，南方局把华南地区统战工作这样重要的担子交给南委，我们就是生死与共的搭档。”

张文彬向方方、涂振农伸出双手，一手紧紧有力地握住方方，一手紧紧有力地握住涂振农，坚定地说：“我们一定要贯彻南方局的指示，坚决落实好在延安时毛主席、南方局书记周恩来的嘱托，为打开华南地区党的工作新局面而奋斗。”随后又说：“日军变本加厉，减少了与国民党军正面冲突，集中精力向我们的敌后根据地进行‘清剿’，党中央正在想方设法改变这种左右受敌的不利局面。而这是我们重点工作之一：开拓敌后，牵制日军，发展力量，提供支持。党中央给我们的任务就是将种子播在南方。”

方方对张文彬带来中央的指示深有感触，这也是南委成立以来最迫切的工作。在大埔深山中，方方先后召集密会了闽南的朱曼平、钱兴、黄康和潮梅的林美南、李平等地方党组织领导人。方方负责南委机关日常工作，张文彬在曲江负责粤北、粤南以及香港工委。无论是在敌后，还是在国统区，党组织一方面要为抗战服务，另一方面也要扎根发展，提高党的影响力。

1942年，“南委事件”爆发，张文彬被捕，随后转押至江西泰和监狱。张文彬的被捕对国民党特务来说是件“奇功”，接下来的工作就是要策反张文彬，想尽办法拉拢他，使他从华南中共党组织的领导人化身为国民党干部，可为实施“溶共、防共、限共、反共”政策添彩抹粉，还可为拉拢皖南事变中被扣押的叶挺失败挽回点脸面，甚至可以为日后势难避免的国共两党争锋储备人才。国民党特务“因势利导”，鼓吹在哪不都是抗日，不必分国或共哪家。张文彬冷笑以对，国民党是什么样的党，人民群众眼睛是看得到的，国民党对待老百姓有没有温度是摸得着的，最不该的是，中华民族还在危难之期，就向兄弟们拿出了屠刀。“相煎何太急”，张文彬严词叱责，对敌人破坏统一战线、削弱中共抗日力量的恶行极度不满。

国民党见软磨硬泡的手段对张文彬难以奏效，决定采取惯用的酷刑摧垮张文彬。张文彬在监狱中戴着手铐脚镣，受到非人的折磨，两年后，张文彬光荣牺牲。他留下了“我誓死不能转变”的遗信一封，信中说：“宁为玉碎，不为瓦全……誓死而归，乐于就义，愿为江西人，尤其是为整个中华民族的革命儿女留些正气吧……”

/ 延展阅读 ……

南委事件

南委事件，是指1942年5月至7月，国民政府特务机关大规模破坏中共在华南的地下组织南方工作委员会的事件。该事件被视为“政治上的皖南事变”。1941年1月，中共中央和南方局成立中共南方工作委员会（简称“南委”），代表南方局领导广东、海南、江西、广西、福建、香港、澳门等地抗日救国运动。1941年7月，中共江西省委书记谢育才被叛变的交通员出卖在吉安被捕，江西省委机关全部被破坏。国民党特务顺藤摸瓜，骗取中共南委信任。中共南委没有察觉江西省委已被破坏，于1942年4月派组织部长郭潜去江西检查，郭潜被捕叛变，随即带领特务前往粤北，南方局委员廖承志、南委副书记张文彬、宣传部长涂振农等人被捕。此后南方各地党组织活动被迫停止，南委取消，至1944年才恢复活动。

（供稿单位：大埔县委党史研究室）

广东“刘胡兰”

1941年春，朱金玉被派到龙华上水径村开展民运工作，住在抗日积极分子丘为理家。上水径属游击区和敌占区边缘地带，村对面的山岗上就有日军炮台，日军经常出来抢劫财物、催交粮款，国民党顽军也常来骚扰。

朱金玉到来后，抓紧时机向群众宣传共产党的抗日救国方针，组织群众尤其是女同胞学文化、教唱抗日歌曲、上演小话剧等，激发群众的抗日救国热情。为了减轻日伪军和国民党顽军骚扰带来的损失，她还组织了10多人的村民自卫队日夜站岗放哨，发现敌人及时帮助群众安全转移。此外，她还积极动员自卫队队员参加抗日游击队。为了和群众建立起鱼水关系，她还经常帮助村民劳动。为了适应当地农民生活，她换了服装，穿起草鞋。夏收时她不会割禾，镰刀常常割破手指，鲜血直流，群众劝她不要割禾，只拉禾草，但她坚决不肯。她还经常上山帮助群众割草、打柴。群众赞叹她说：“看不出‘朱仔’这么能干。”所以，每当遇上危险，朱金玉总能够镇定自若，巧妙应付。由于汉奸告密，抗日积极分子丘为理在去布吉的途中被日军杀害，朱金玉毫不畏惧，继续住在丘为理家，并动员其妻子加入姐妹会和参加夜校学习文化，继续为抗日救国出力。村里的地下党员江才娇的文化低，又担负着收集、传送情报的工作，朱金玉就经常给她讲故事、读文件，辅导她学文化，还教她如何做情报工作，帮助江才娇多次出色完成任务。这年的五一劳动节，她积极动员、组织群众集会，带领自卫队和群众开展五月破路活动，破坏了附近的广九铁路和布吉到龙华的公路。因她

朱金玉（1922—1942），祖籍广东南海，出生于越南西贡一个工人家庭，8岁开始读书，聪明好学，懂法语。抗日战争爆发后，在越华侨纷纷回国参加抗战，正读初中二年级的朱金玉也毅然放弃学业参加华侨回乡服务团，转道香港到达东江，参加了曾生领导的新编游击大队，从事政治工作。1940年加入中国共产党，1942年被国民党顽军俘虏后英勇就义。

和其他民运队员的出色工作，上、下水径两个村成了游击队的秘密据点。她还积极做好游击队出版的《新百姓报》的发行工作，兼任该报的通讯员，经常为报纸写稿和提供新闻素材。

1942年春，朱金玉转到同属宝安的洪田村做民运工作。当时，洪田是一个只有几十户人家的小山村，是游击队新开辟的敌后据点。这里离日军占领的新桥镇只有4公里，经常受到日伪军的骚扰和侵袭。朱金玉住在冼传娣家，她多次和冼传娣以探亲为名，到驻扎着伪军陈培部的沙井收集情报；或和其他妇女一起，头戴竹丝帽，手提箩格仔，以探亲或挑着尿桶买尿为名收集情报。

住在洪田村的民运人员引起了敌人的注意。7月的一天，国民党顽军在拂晓前突袭洪田村。天还未亮，满村到处都是乒乒乓乓的敲门声和狗吠声、枪声、脚步声。朱金玉听到响声，惦记着新来的住在陈景姑家的民运队员陈胜华的安全，立即披衣起床，飞快地跑向陈景姑家。半路上遇到几个国民党顽军的士兵，看她白白净净不像是当地人，又用枪尖捅了一下她的发髻发现是假发，不容分说就把她抓走，并押送到离洪田村9公里的乌石岩圩，囚禁在乌石岩庙阶梯下的石洞里。

当天晚上，国民党顽军营长黄文光在太和学校（今石岩学校）审问她，用诱降的口气对她说："你这么年轻漂亮，何必为‘土匪’卖命？我是堂堂国军营长，只要你听我的，可以做官太太，有享不尽的荣华富贵。”朱金玉轻蔑地说：“要我跟你们同流合污残害老百姓？别做梦啦！”黄文光见软的不行，就威胁她说：“你当女匪，知不知死活？还有谁是游击队？谁是民运队员？不说出来，我枪毙你！”朱金玉怒斥黄文光说：“你知不知耻？你们身为中国人，国难当头不打日本鬼子，却把枪口对准抗日游击队，你们比土匪还要坏！”并且乘敌人不备，抓过桌上的一支手枪对准黄文光扣动了扳机，可惜枪里没有子弹。她扔掉手里的枪，又抢过一根木棒奋力向黄文光打去。恼羞成怒的敌人无计可施，就对她用刑，用皮鞭抽打，用钢针钉十指尖，最后又用电刑。朱金玉几次昏死过去，但始终不吐露一个字。敌人对她严刑拷打了一个星期，一无所获。无计可施的敌人把她双手反绑，吊在学校门前的一棵大樟树上，从早晨到中午，皮鞭、棍棒像雨点一样落在她身上，鲜血浸透了她那全身已被抽打成碎片的衣服。最后，敌人把奄奄一息的朱金玉杀害。

敌人走后，当地的一个农妇用稻草把她的遗体掩盖起来。群众忍着悲痛，流着眼泪，把她埋葬在乌石岩以北1公里的排沙公坳牛湖窝。1955年，龙华烈士纪念碑落成，镌刻了这位刘胡兰式英雄的名字。

延展阅读 ……

深圳龙华革命烈士陵园

深圳龙华革命烈士陵园，原位于龙华老街东侧，1986年春迁建到龙华中学后山、现龙华公园山顶处。其主要建筑物有牌坊、芳名亭、纪念碑、凉亭、花廊等，占地面积约11 000平方米。

牌坊前置放两座石狮子。牌坊为石质四柱三楼式，柱下前后有抱鼓石固定石柱。正中横匾下有雀替加固，横匾有原东江纵队司令员曾生题字“龙华革命烈士纪念亭”。芳名亭为八柱九脊殿顶式，正中檐

深圳龙华革命烈士陵园

下有一石匾，上书“芳名亭”字样，左右镶嵌“烈士牺牲为党为民为祖国，忠魂不朽建史建碑建丰亭”对联。亭中立有一石碑，上面镌刻有卓凤康等100多位烈士的姓名、职别、原籍以及牺牲时的年龄等字样。

芳名亭后山顶上为花岗岩石雕琢砌筑的龙华烈士纪念碑。纪念碑正面有原东江纵队政治部主任杨康华的题字：“革命烈士永垂不朽　宝安县人民政府立公元一九八六年春。”纪念碑南面一侧立有原东江纵队副司令员王作尧、原东江纵队政治部主任杨康华同志之墓地和墓碑。

（供稿单位：深圳革命烈士陵园管理所）

中山“杨家将”

在抗日战争年代，中山翠亨村有位“革命母亲”谭杏，人称“杨伯母”，她一家八口人全部参加抗日工作，二儿子杨日韶、三儿子杨日璋先后为民族的解放事业献出年轻的生命，人们将杨氏一家称为中山的“杨家将”。

1938年底，中共中山县委在九区国民党地方团队领了一个黄礼大队属下的“别动小队”的番号，由梁伯雄出任小队长。到1939年春，梁伯雄小队已扩展为大队，当时，县委为加强对这支抗日武装的领导，决定调当时在九区从事抗日工作的县抗先第二工作队负责人杨日韶到梁伯雄大队，出任大队副官的职务，负责统战工作和开展军事训练。任命下达后，他回家对母亲说：“妈，我要到部队打日本鬼子去。”谭杏听了，毫不犹豫地鼓励儿子：“国家大难，民族垂亡，保家卫国，人人有责，你去吧！不要惦记家里。”

1941年，中共南（南海）番（番禺）中（中山）顺（顺德）中心县委委员谢立全在谭杏家养病，她为谢立全煎药、做饭，悉心照料，设法避过敌人的耳目，使谢立全康复返队。1942年春，她得知五桂山抗日游击队战士缺衣少粮，立即把家里仅存的两石（今约160千克）稻谷碾成大米，与小女儿日芳一起把大米送到游击队。在游击队给养极度困难时，谭杏把自己大半生积存的9000多元和一批稻谷，全部送到游击队，甚至把自己的嫁妆金首饰贱卖换来稻谷，送到游击队，还动员自己的嫂子把卖猪的钱借给她用以接济游击队，最后

谭杏（1895—1996），中山南蓢镇崖口村人，出身华侨家庭，嫁翠亨村杨东为妻，人称“杨伯母”。早年随丈夫在大连铁路局生活，育有三子三女，大女杨日松、二子杨日韶、三子杨日璋、四女杨日增、五子杨日昕、六女杨日芳。“九一八”事变后举家返回翠亨。其目睹日本侵略者的暴行，受丈夫爱国思想影响，支持抗日游击队抗日救国。丈夫与6个儿女都投身抗日，加入抗日游击队，两个儿子先后献出宝贵生命，被誉为“革命母亲”。

杨日韶（1918—1942），中山南萌镇翠亨村人。1936年毕业于中山县立乡村师范学校。1938年加入中国共产党。1940—1942年先后任五桂山抗日游击大队中队长，“挺三”梁伯雄大队副官、副大队长，南番中顺中心县委直接领导的抗日游击队第一主力中队中队长等职。1942年5月下旬在阜圩战斗中牺牲。

连祖辈留下的两亩薄田也卖掉。她总是热情接待游击队的同志，把家里能够吃的东西拿出来让他们吃饱。

当时，南番中顺中心县委为挽回中山的抗日形势，决定乘敌人立足未稳夜袭阜圩。谭桂明和中队长杨日韶带领火力队占据堤围，掩护突击队过河进攻。三路强攻队伍当即与敌人展开了激烈的战斗。设在河堤上炮楼侧的敌人火力点，对部队威胁很大，突击队在谭桂明、杨日韶的火力掩护下，已冲进敌营腹地，展开了阵地战。敌人要挣扎，便集中火力向王鎏中队反击，企图切断游击队的退路。情况危急，部队领导马上抽调杨日韶的队伍前往增援，以掩护进攻队伍撤出阵地。杨日韶便派出分队长吴桐带领突击组攻打炮楼增援。炮楼隔河有高出水田1米多的晒谷场，很难接近。吴桐突击组绕过晒谷场转到后侧，但敌人垂死反击，无法接近。就在此时，王鎏在晒谷场中弹光荣牺牲。杨日韶看到战友牺牲，愤怒地向敌人猛烈反击，有力地压住敌人的火力，使突击队安全地撤出了阵地。为了消灭敌人，谢立全立即调集几挺机枪，带领队伍，直奔前沿阵地。杨日韶不幸多处中弹，身负重伤，他仍把着机枪向敌人射击。在游击队的火力援助下，杨日韶被抢救出来。由于当时医药条件差，杨日韶的腿部流血不止，又染上了破伤风，在抢救途中流血不止，于1942年5月壮烈牺牲，时年25岁。

游击队领导谢立全、谭桂明、欧初一起去慰问谭杏，她强忍心中的痛楚和泪水，认为要革命就会有牺牲，日韶死得英勇，有这样的儿子，做母亲也感到光荣。后来，她又把大女儿日松送到游击队当交通员。

谭杏的三儿子杨日璋毕业后在石门小学任教师，在教学的同时积极投身抗日事业，进行抗日宣传，不久便被地方党组织选定为秘密交通员。杨日璋参军后，先后参加过夜袭下栅、唐家、前山、南屏、南萌、翠微、张溪等10多次战斗，在战斗中英勇顽强，出色完成了任务，1943年10月被提为中山抗日游击大队第一主力中队队长，1944年1月改任中山人民抗日义勇大队

杨日璋（1919—1944），亦名杨章，中山南萌镇翠亨村人。1942年7月加入中国共产党。1943年10月任中山抗日游击大队第一主力中队队长。1944年1月任中山人民抗日义勇大队仲凯中队队长，同年4月在袭击张溪伪护沙队第五中队的战斗中牺牲，年仅25岁。

仲凯中队队长。

1944年4月5日，杨日璋中队与二区中队联合再袭击石岐附近张溪伪护沙队第五中队。杨日璋负责主攻敌营梁氏宗祠，二区中队负责火力掩护。当晚杨日璋率领队伍秘密接近了伪护沙队第五中队的营房，迅速埋伏在祠堂两侧。在猛烈的火力掩护下，杨日璋发起冲锋，他们冲破祠堂周围的铁丝网，接近祠堂门时，为了不误伤同志，火力掩护暂停下来了。敌人趁这一刹那，慌忙将祠堂门关闭。就在这时，一颗从对岸射来的掷弹筒弹，恰好撞在祠堂侧的榕树上爆炸，杨日璋被反弹的弹片重伤，于4月16日凌晨牺牲，年仅25岁。谭杏得知时，把牙咬得紧紧的，硬是把泪水吞进肚里。此后，她再把四女儿日增、小女儿日芳和五儿子日昕送到游击队，继承哥哥未竟的革命事业。

1945年，日军大量增兵中山，对五桂山区和九区（今黄圃）发动大规模扫荡后占据一些乡村。谭杏并没有被吓倒，她联系廖嫂、贺婶、肖伯母等革命群众，一起掩护留在中山坚持斗争的部队领导，经常为游击队搜集和传送情报，救护伤病员。

延展阅读

翠亨村

孙中山故居

翠亨村原名蔡坑村，位于中山市东南，东望珠汀口伶仃洋，西靠五桂山。据传清康熙年间，有蔡姓人在此建村，地处山坑旁，故名蔡坑。后人见该村山林苍翠，坑水潺潺，风景优美，且方言“蔡”与“翠”、“坑”与“亨”谐音，又寓意万事亨通，清道光初年改称翠亨，沿用至今。

翠亨村原是一个十分普通的小山村，因为孙中山诞生于此而闻名于世，现在提起翠亨村人们已经几乎把它作为孙中山故居的代名词。在这个小村庄里，保存至今的名胜有杨殷故居、陆皓东故居、帅傅遗居（程君海故居）、陆皓东墓、孙昌墓、翠亨宾馆和中山纪念中学及完整的古民居群等。2007年，翠亨村入选第三批中国历史文化名镇名村。

（供稿单位：中山市委宣传部）

舞台惊魂

1938年10月，南海县沦陷。在日军统治下的沦陷区，百业凋敝，物价飞涨，民不聊生。年仅15岁的杜福，为了减轻家庭的经济负担，跟随表哥外出谋生，到了澳门的一所小学做校役。当时校役是下等人，在这里他尝到了作为社会底层的劳动者的艰辛和屈辱，看到了社会的黑暗和腐败，加深了对人生的认识和对旧社会的痛恨。此时祖国大地正处在日本侵略者铁蹄的践踏之下，深重的民族灾难更激发他的爱国热忱。因此，杜福舍弃了在澳门尚能温饱的安定生活，于1939年下半年毅然返回内地，决心投身到伟大的抗日救国斗争中去。

年仅16岁的杜福回到内地，找到了在国民党第七战区第四挺进纵队做地下工作的哥哥杜国彪（中共党员），要求参加抗日工作。经中共地下党组织同意，杜福被安排到第四挺进纵队的政工队工作。从此，杜福踏上了抗日救国的道路。

在政工队里，杜福的文化水平虽然低，但热情肯干，积极好学。他主动参加抄写标语、演话剧等活动，深入农村开展抗日宣传，发动群众。有一次，在演出话剧时，由于同台演出的另一个演员事前没有认真检查道具，在舞台上当这个演员举枪向他射击时，只听见“砰”的一声，一颗子弹从杜福头上呼啸而过，非常惊险。原来临时作道具的手枪在演出前没有退出枪膛的子弹。事后，有人惊魂未定，劝杜福不要再演戏。杜福回答，这不过是一次偶然事故，今后大家注意就可以避免，可不能“一朝被蛇

杜福（1923—1945），原名杜国康，曾用名杜达生，广东南海黄岐镇白沙村人，曾到澳门谋生，后返回内地投身革命。1945年9月20日在与国民党军队交战中壮烈牺牲。

咬，十年怕草绳”。他婉拒别人的劝告，继续演剧宣传。在战争时期，部队生活是艰苦的，加上国民党军队的腐败，当官的经常克扣士兵的粮饷，致使部队有段时间吃的是被水浸坏的大米，这些大米发霉发臭，令人难以下咽。但是为了搞好抗日宣传，杜福不怕吃苦，不怕劳累，仍然是满腔热情地坚持下去。在中共党组织的培养教育下，杜福的政治觉悟不断提高，工作进步很快，经过一段时间的锻炼和考验，杜福于1940年初由杜路介绍，加入中国共产党。

1941年春，蒋介石发动震惊中外的皖南事变，掀起了第二次反共高潮。此股反共逆流波及第四挺进纵队。纵队的中共地下党组织按照“有理、有利、有节”的原则，进行了反逆流的斗争。由于不断同反动派做斗争，党组织负责人杜路与杜国彪的身份先后暴露，分别于1941年和1942年5月撤离了第四挺进纵队。杜国彪离开部队时曾问杜福：“我们要分手了。你留下来，怎么样？”杜福回答：“服从党组织的决定，坚持到底。”当时，杜福的处境也是危险的，因为部队里很多人都知道他和杜路、杜国彪的关系。但杜福服从党组织的安排，沉着冷静，在党组织领导下，严守党的纪律，团结群众，坚持斗争。直到1942年下半年第四挺进纵队全面清理政工人员时，他接到党组织关于撤离的通知，才与其他同志最后撤走。

杜福离开政工队后，曾在四会县隐蔽。不久，党组织安排他去清远县龙颈小学任教，改名杜达生，以教师的职业为掩护，从事党的秘密工作。在龙颈小学，杜福教的是五、六年级，他只有小学文化水平，又无教学经验，一朝为人师，真不知从何入手。但杜福想到这是组织的安排，革命需要，再大的困难也要克服。于是他边学边教，虚心向有经验的教师学习。他勤奋苦练，工作积极负责，取得了师生的信任，在人地生疏的地方站稳了脚跟。1943年下半年，因工作需要，党组织又将他调到英德县水口乡小学任教。

1945年8月初，独立第三大队奉命挺进粤北，计划与党中央派出的南下部队会合，在五岭建立根据地。8月底部队誓师北上时，杜福正患痢疾，身体很弱，但仍坚持带病跟随部队北上。9月20日，部队行军至曲江县小坑区上洞乡刀背埂，不料与前来堵截的国民党军一八七师的一个营相遇。双方立即激烈交火，并抢占山头作为制高点。面对占据优势的敌人，独立第三大队从刀背埂上山向龙头山方向突围，敌军则从大埂上山以密集的火力攻击，战斗很激烈。在这危急时刻，杜福不顾自己安危，冒着枪林弹雨冲上刀背埂岗顶架起机枪奋力还击，掩护部队撤退。正当他完成任务准备撤出战斗时，不幸被敌军子弹击中头部，壮烈牺牲，年仅22岁。

/ 延展阅读 ……

皖南事变

1941年1月，奉命北移的新四军军部及其所属皖南部队9000余人，在安徽泾县茂林地区，突遭国民党军队七个师8万余人的包围袭击。新四军部队英勇奋战七昼夜，最终寡不敌众，弹尽粮绝，除2000余人突出重围外，一部分被打散，大部分壮烈牺牲或被俘。军长叶挺在和国民党谈判时被扣押，政治部主任袁国平牺牲，副军长项英、参谋长周子昆在突围中被叛徒杀害。蒋介石反诬新四军“叛变”，宣布取消新四军番号，声称将把叶挺交付“军法审判”。这就是震惊中外的皖南事变，这一事变是国民党第二次反共高潮的高峰。

（供稿单位：佛山市委宣传部）

南楼七壮士

日军于1944年6月侵占三埠，所到之处，奸杀焚劫，民不聊生。开平人民纷纷组织起来抵抗日寇，司徒四乡自卫队就在这种形势下建立起来，是一支农村的武装队伍。上下股乡东华坊青年司徒煦是华侨子弟，获悉日寇在家乡烧杀奸淫的行为，十分愤慨，决定回乡杀敌，遂与侨居南洋的同乡兄弟司徒遇商量，通过多方联络，很快就串联了爱国侨胞20多人，组成抗日志愿队，回国杀敌。

1945年，抗日战争进入最后的反攻阶段。当时日军已深入中国西南部，为了能顺利撤退，日军要打通南路干线。开平的南楼是三埠、赤坎潭江河段的枢纽，成为日军的必争之地。7月16日，驻三埠的日军进攻赤坎，企图打通赤坎水道，接应从阳江阳春撤来的残部。17日，赤坎沦陷，以司徒煦为首的南楼自卫队主张实行持久战，死守乡土。这一计划得到了乡亲的支持，并准备将粮食、弹药等运到南楼和对岸的北楼。

然而，天有不测，弹粮未到，南楼和北楼被日军水陆两路包抄。北楼自卫队队员在敌众我寡又无援军的情况下自行撤退。

侵占赤坎的敌人虽然控制了附近各地，但敌军指挥部指挥官认为，撤退之路的绊脚石南楼如果不除掉，将影响日本的撤军计划。随即召开军事秘密会议，商讨攻克南楼之策，最终决定声东击西进击南楼。当晚二更过后，日寇调动几艘汽艇从三埠向南楼驶去，假装强攻南楼，实际上是从赤坎调动大批陆军由南

司徒煦：34岁，副队长，树溪东华坊人。

司徒旋：21岁，宣传员兼书记，塘边南闸人。

司徒遇：30岁，班长兼机枪手，腾蛟里人。

司徒昌：38岁，上士兼情报员，塘边人。

司徒耀：24岁，上士兼机枪手，旋溪里人。

司徒浓：28岁，机枪手，天然里人。

司徒炳：18岁，队员，夏岚里人。

南楼

楼后面的村庄迂回包抄。是夜风雨交加，守卫觉察汽艇响声，司徒煦当机立断，命令土炮手准备瞄准点火。那时南楼所用的土炮，是用生铁铸成的“大仔乸”，用火药、散沙、生铁碎压实，在炮身后的小孔点火引爆，威力不小。敌艇越来越近，司徒忠命令短枪队扫射，敌人也在艇内用机枪还击。司徒煦即令点燃土炮向敌艇发射，炮弹枪弹飞向敌艇。三艘敌艇顷刻间就沉没了。幸存的几艘也是枪痕累累，犹如丧家之犬，急忙向三埠方向逃遁。

战斗过后，自卫队以为可以暂得安宁，再加上腹饥难支，便吩咐伙夫煮夜宵准备进食。此时哨兵突然发现有一队日军靠近。幸好是风雨交加的漆黑之夜，敌人辨不出东南西北，更不知南楼楼门在何处。于是司徒煦迅速转身跑入南楼内大叫：“敌人杀到啦！”众队员闻之，马上持枪冲出。当晚部分队员突围，其余凭楼坚守，留下了司徒煦等七人。

7月18日凌晨，日寇对南楼附近的腾蛟庙进行搜查，在庙中发现了自卫队的炮手司徒尚铎，敌人对他严刑逼供，希望从他口中可以了解自卫队的信息，但是司徒尚铎沉着应对，守口如瓶。敌人看他60多岁，以为他真的不了解自卫队的信息，便逼他对南楼中的队员们进行劝降，没想到司徒尚铎到了碉楼之下却大声喊道：“楼上的兄弟们，日本鬼子迫我劝你们投降，我想你们一定不会投降的！投降等于自寻死路，千万不要上当受骗，就算死也要死得有骨气，一定要坚持到底！”

敌人开始用机枪对南楼进行疯狂的扫射，子弹却根本无法打穿碉楼坚硬的墙壁，恼羞成怒的日寇调动增兵洗劫周围各村。碉楼之中的队员们见敌人大批进村，于是在碉楼之中喊话，通知村民迅速撤离，最终来不及撤离和躲避的村民还是被日寇残忍杀害。

日寇撤退的线路之上，仅南楼一处久攻不下，7月19日，无计可施的日寇竟然调来了三门大炮，轰击南楼。一阵炮响之后，浓烟四起，日寇以为南楼定会被夷为平地，于是放松了警惕，向南楼遥望。渐渐地，浓烟散开，南楼的轮廓又出现在了日寇眼前，与此同时枪声也响了起来，有日本兵应声倒下，其余日寇见状便惊慌而逃。

7月21日，敌人发动了更加猛烈的轰击，南楼的北墙被打穿了几个大洞。日寇以为自卫队队员这次一定都被炸死了，于是又慢慢地向南楼靠近。突然，南楼之中又响起了枪声，又有两个日本兵应声倒下。

一座小小的碉楼再加上几个自卫队队员竟然打乱了日军的撤退计划，这使得日寇的广州总指挥部也大为震惊，并下令，两日之内必须攻克南楼。三埠和赤坎的日军司令见大炮都无法撼动南楼，决定使用毒气弹，但是幸好当日刮起了大风，炮弹炸开之后，由于逆风毒气没能进入碉楼之内。毒气攻楼计划再一次失败。

孤守南楼至第五日，七壮士弹尽粮绝，外援无望，明知无解围之希望，又恐楼破受辱，为此，联名在南楼第三层的南边墙壁写下遗书：“我等保守腾蛟，历时四日来，未见救援。敌人屡劝我投降，我们虽不甚读书诗，但对于尽忠为国为乡几字，亦可明了。现在我们已击毙敌十六名，亦已及相当代价。现在我们各同一心，于民国三十四年，六月十五日，自杀于腾蛟南楼，留语族人。祈在敌人退后，将此情形发表报纸上，则同人等死亦心甘矣。”

七壮士联名把遗书写成后，准备集体自杀，以身殉国。但司徒煦思前想后，决定放弃自杀念头，他对队员说：“我们不能自杀！若我们自杀，日寇一定以为我们怕他们了。虽然我们没有子弹，但我们还有刺刀、石灰，就算日寇攻上南楼我们也还可以抵挡一阵的，我们要坚持到底，就算死也要死得有价值！”司徒煦讲得在理，队员纷纷赞同，决意坚持到底，未到最后关头，决不轻易去死。

7月25日，日军在前次使用毒气失利的情况下，再次使用毒气弹，楼内壮士中毒昏迷被俘。壮士们后被送至日军司令部，次日，日军施以酷刑，割鼻割耳凿牙，但七壮士却视死如归，拒不向日军屈服。翌日，七壮士又被押至司徒氏图书馆门口当场尸解，抛尸河中。

七壮士英勇抗敌的感人事迹在当时引起了极大的震撼，抗战胜利后，为纪念南楼七壮士的英勇就义，司徒四乡热心人士发起大规模追悼会，各界人士及司徒氏四乡乡民数万人参加，哀悼南楼七壮士。

延展阅读 ……

开平碉楼

由于水患和匪患频发，自明代起，开平当地已有民众开始修建碉楼。近代以来，由于开平地方土匪众多，加之民国战乱频繁，经常有土匪抢劫发生，具有防涝防匪之用的碉楼受到了华侨青睐，得以大量修建，最多时有3000多座。开平碉楼融合了中国传统乡村建筑文化与西方建筑文化的独特建筑艺术，体现了中国华侨与民众主动接受西方文化的历程。开平碉楼为多层建筑，远高于一般的民居，便于居高临下地防御。开平碉楼的墙体比普通的民居厚实坚固，不怕匪盗凿墙或火攻，窗户比民居开口小，都有铁栅和窗扇，外设铁板窗门。碉楼上部的四角，一般都建有突出悬挑的全封闭或半封闭的角堡，角堡内开设了向前和向下的射击孔，可以居高临下地还击进村之敌。同时，碉楼各层墙上开设有射击孔。1945年赤坎南楼遭遇日军九天八夜的炮火围攻仍屹立不倒，其坚固可见一斑。2007年，开平碉楼与村落被联合国教科文组织评为世界文化遗产。

铁流十二勇士

“铁流十二勇士”，即珠江纵队第一支队铁流中队12名指战员，又称“塘域十二勇士”。1945年5月27日上午，珠江纵队第一支队铁流中队在石门成立，全队共12人，梁杏林任中队长，郑新任指导员兼党支部书记。当天晚上，铁流队即出发到三乡附近的雍陌乡进行抗日宣传。铁流队在雍陌村利用祠堂、庙舍等场所向群众宣传抗日成果和思想，宣传共产党的政策，赢得了群众的普遍好感。5月28日晚，12名铁流队战士在三乡、雍陌活动完毕，转而到塘敢村村头一间空置的华侨屋隐蔽歇息，被敌人发现。

驻三乡的伪军收到情报后，立即出动“挺三”肖瑞豪、巢添林部和国民党中山县特务大队高宋保部及五区伪联防大队数百人，由叛徒郑兴带领，迅速赶至塘敢村，把铁流队宿营的两层楼的小洋房团团围起来，并堵住了唯一的进出小巷。完成包围后，一股伪军急切地冲至巷口，企图一举消灭铁流队队员。负责放哨的铁流队队员发现了外面黑压压的包围圈，向沉睡的其他战友大声呼喊："同志们，快起身！我们被包围了！"

铁流队队员一跃而起，冲往朝向小巷的窗口。队长梁杏林、指导员郑新镇定地观察了周围环境：三面是民房，前面这条30米长的窄窄的小巷，是通向此屋的唯一通道。"想出去难，想进来也不容易"，他们决定利用这种有利的地势尽可能多地消灭敌人。郑新等人拿起机枪对着窗外一轮扫射。那些急切往里冲

铁流十二勇士塑像

郑新（1921—1945），原名柳兆槐，广东香山前山造贝村（今属珠海市）人。出身于农民家庭，幼丧父。小学毕业后到香港做工。1940年回到家乡，投入抗日救亡洪流，翌年加入中国共产党。1943年冬到五桂山参加抗日游击大队，任中队指导员，1945年1月任珠江纵队第一支队铁流中队指导员。同年5月28日牺牲，时年24岁。

梁杏林（1923—1945），广东香山六区下栅乡（今属珠海市）人，早年丧父，家境清贫。1943年参加抗日游击大队，1945年1月任珠江纵队第一支队铁流中队队长。同年12月在博罗牺牲，时年22岁。

的伪军再也不敢往里硬闯了，屋外暂时恢复平静。郑新与梁杏林交换了意见，对全体队员说：“战友们，虽然我们的处境很被动，但不能连累群众，我们要利用地形与敌人决战，决不投降！”

“决不投降！”12名勇士异口同声。“你们被包围了，快投降吧！”外面传来了一阵阵嗷嗷狂叫。“呸！有胆的就上来尝尝老子的厉害吧！”共产党员郑楷厉声断喝。双方就这样对峙着，大家心里都明白：形势险恶！“队长、指导员，我们突围吧，冲出去跟他们拼了！”好几个铁流队队员都按捺不住急躁的心情。梁杏林没有出声。这位在战火中锤炼出来的武工队长、贫农出身的共产党员，默默地转过头来，望了一眼身旁的指导员郑新。郑新领会他的意思，轻轻地点了点头，给大家分析道：“敌众我寡，身陷重围，硬拼是不行的。现在地形对我们有利，我们要凭险据守，尽量争取坚持到天黑！”这位知识分子出身的新提拔的指导员，对军事斗争显然也有一定的经验。

“那我们就紧紧封锁住巷口。敌人来一个消灭一个，绝不能让他们向前一步！”队员李权坚定地说。敌人在拐角处架起机关枪，又一轮猛烈的扫射，掩护着一群伪军往巷里冲。铁流队队员则坚定地利用有利的地形对敌人进行有力的还击。巷口则堆积了越来越多的尸体。

就在胶着状态的时候，指导员郑新欠身起来，欲观察敌机枪阵地，以便消灭他们的火力点。可他刚站起来，一颗子弹“嗖”地从窗口飞进来，穿进了他的左肩膀，他摇晃了一下，倒下了。一名战士赶快爬过去扶着他，只见他脸色刷白，血如喷泉般从伤口涌出。他坚强地对战友说：“别管我，注意监视敌人……”队长梁杏林撕开了自己的上衣，替郑新把伤口包扎好，随即又投入紧张的战斗。

下午3时多，敌人仍无法越过小巷接近洋楼。但是洋楼的墙壁上已经留下了无数的弹孔，队长梁杏林、队员郑佳等也先后负伤了，大家仍然咬牙坚持着。

这时外面传来了叛徒郑兴的劝降声：“我最后提醒你们，上千的军队已经把你们紧紧地包围了。识时务的，赶快缴枪投降，可免一死，皇军不会亏待你们的！”

“不知羞耻的叛徒！想我们投降？别白日做梦了！我们这里没有第二个郑兴，你有本事就冲进来！”负了伤的郑新大声地回应道。

此时，眼见劝降无效的敌人想出了新的一招，在毗邻平房的墙壁上炸开了一个大洞，搬来稻草等可燃物，浇上煤油，放火烧楼。到下午4时左右，坚守战斗岗位的铁流勇士们到了弹尽粮绝的地步，只剩下手榴弹和炸药包各一个。屋外的敌人在加紧攻击，把楼房围得水泄不通，突围已是不可能的了。情况万分危急，这时，受了伤的郑新把战士们集中在一起，他用低沉的语气坚定地告诉大家：“同志们，现在只有一条路了！”他一只手扶着墙，炯炯有神的眼睛里闪烁着坚毅的光芒。“突围已经是不可能的了，狼牙山五壮士就是我们的榜样！我们不能苟活当俘虏，考验我们的时候来了，共产党员要带头，以身作则！”“宁死不当俘虏！与他们拼了！”队员们异口同声地回答。

随后，12名宁死不屈的战士，决定把仅剩的一颗手榴弹和一个炸药包留给自己。他们把枪支砸烂、文件烧毁，然后大家围着在一张八仙桌旁，桌底放着那剩下的手榴弹和炸药包。熊熊烈焰已经卷到了他们的身边，屋外敌人的进攻更加猛烈，夹杂着无耻的叫嚷：“投降免死！”

围坐在一起的战士们高唱着《国际歌》，高呼“中国共产党万岁！”“打倒日本帝国主义！”看到敌人逼近了，共产党员贺友仔拉响了手榴弹，引爆了炸药包，轰隆、轰隆巨响，楼房崩塌了大半。贺友仔、梁标、郑楷、郑福培、李权、李光6名勇士当场壮烈牺牲，其余6人重伤，落入敌手。在被押往三乡途中，指导员郑新和另一名战士因伤势过重而牺牲，队长梁杏林等4人被押往三乡。

押往三乡后，在敌人的威逼利诱面前，梁杏林等铁流勇士坚贞不屈，后经地方党组织和当地群众的多方营救，才脱离虎口。虽然铁流队只存在了短短的三天时间，然而，十二勇士宁死不屈的英勇气概与日月同辉，为民族独立勇于献身的铁流精神彰显了共产党员的本色，坚定了当时人们坚持抗战的决心，为中山人民的抗日斗争史写下了壮丽的一笔，不失为与狼牙山五壮士相媲美的五桂山铁流十二勇士！

延展阅读 ……

“五九扫荡”

1945年初，第二次世界大战胜利的天平已经明显倾向反法西斯联盟。苏联、美国、英国军队分别逼近德国本土，德国法西斯覆灭在即，德、日、意法西斯侵略轴心土崩瓦解。为挽救危局，日本法西斯决定建立其本土及中国、朝鲜等占领区的防御体系，准备与反法西斯盟国军队进行决战。在华南战场，日军调派第一三〇师团重兵进驻中山县境内，制订了“扫荡”珠江三角洲平原和五桂山抗日根据地的作战计划，以保证广州、香港及其附近地区的水陆交通畅通。4月，日军迅速在中山县境内集结，积极准备执行“扫荡”计划。从5月9日开始，日军联合伪军及拉拢的地主武装对五桂山区及周边区域进行大规模、长时间的“扫荡”。所到之处，烧杀抢掠，极其残酷。叛徒郑兴更是助纣为虐，带领日军在三乡一带大肆搜捕游击队员、民主乡政干部、抗日军属，杀害无辜百姓。

“五九扫荡”后，为了坚定群众坚持抗战的信心，打击敌伪、叛徒的气焰，珠江纵队一支队副支队长罗章有与政治处主任杨子江商量后，决定抽调12名精干勇敢而又熟悉三乡一带情况的战士，组成一支宣传工作队——铁流队，到滨海、谷镇平原地区活动，一方面宣传发动群众，坚持抗日斗争，一方面监视敌情，伺机打击敌伪。

（供稿单位：中山市委宣传部）

崩口仔智夺枪

1944年，17岁的叶车养小学毕业，父亲认为他不是读书的料，要他在家中放牛，叶车养不肯妥协，父亲无奈，只好让他在村里的橘山小学上补习班。

当时，在橘山小学教书的罗明、朱兰清、赵世尧、叶卓琼等教师都是共产党员，他们经常在师生和农民群众中宣传马列主义，宣传共产党团结抗日的主张，揭露日本侵略者侵占中国领土、残杀百姓的罪行，揭露国民党顽固派“消极抗日、积极反共”的反动方针，秘密组织抗日游击小组。在共产党员教师的影响下，叶车养幼小的心灵中逐渐立下了为抗日救国而献身的志向。当他知道橘山小学组织游击小组时，便千方百计要求参加。可是游击小组的领导人认为他是个调皮鬼，怕难以约束，不肯接收他，这让叶车养很不服气。

1945年1月10日，叶车养找到同村同学叶启元，说："陈醒亚、罗明等老师成立抗日游击队，我要参加这个队伍，去打日本鬼子。"

叶启元说："你平时纪律不好，人家能要你吗？"

"我想过了，如果我能搞到枪，他们会要我的。"叶车养自信地说。

可是到哪里去搞枪呢？

叶启元说他在横岭竹山塘地主彭旺柏家打工时见过枪，叶车养决定二人当晚就去彭家取枪。

夜深人静，彭旺柏家响起了一阵敲门声，

"谁呀？"过了半晌，里

叶车养（1927—1949），广东化州人。因他出生时上嘴唇有两个缺口，而得诨名"崩口仔"。1945年1月入伍，同年加入中国共产党，先后任武工队队长，粤桂边区人民解放军连长、营长，中国人民解放军粤桂边纵队第六支队第十七团副团长。1949年10月在策应国民党第六十二军直属队起义的战斗中牺牲。

叶车养虽然外貌不美，但他有勇有谋，常常以少胜多、神出鬼没甚至只身深入打击敌人，因此，粤西地区尤其是化、吴、廉一带的敌人一听到"崩口仔"或"崩口仔的部队"的名号就胆战心惊，成为化、吴、廉一带家喻户晓的传奇式人物。

边传出懒洋洋的声音。

“是我，找你有点急事。”

听到是叶启元的声音，彭旺柏点亮灯起身开门，叶车养提起大刀冲了进去，叶启元拿着梭镖紧随其后。

“你……你们要干什么？”彭旺柏被吓得浑身发抖。

“我们是共产党领导的抗日游击队，日本鬼子已经打进了廉江县城和安铺镇，很快就危及化县了。我们要有钱出钱，有力出力，有枪出枪，共同起来抗日。现在要你把枪拿出来，给我们使用。”叶车养一本正经地说。

听说来人是来要枪的，彭旺柏摸摸头，眼珠转了转，心想：“编些假话糊弄这两个后生仔也不难。”正要开口，却见叶启元站在面前，眼睛盯着他，彭旺柏只好把到口的话咽了回去。“启元知道我家的底细，骗不到他，怎么办？”

机灵的叶车养见他不吭声，故意将大刀在他眼前晃了两晃，说：“老实点，你可别敬酒不吃吃罚酒！”彭旺柏吓得倒退几步，心想：“共产党游击队都抄着家伙上门了，看样子今晚不交是不行了。”便连忙说：“好，好，我这就去拿，请二位稍等。”叶车养怕彭旺柏有诈，向叶启元使了个眼色，让他在此把风，自己提着大刀跟随彭旺柏向里屋走去。不久，叶车养拿着两支短枪出来了，二人拿着短枪高兴极了，摸了又摸，擦了又擦。两人一边模仿着射击动作，一边跑出屋去，没多久就回到了村里。叶车养兴奋得要叶启元连夜带他去找罗明，要求参军。罗明见他们机智勇敢，当即批准叶车养、叶启元参加抗日游击队。

从此，叶车养在党的教育下，一改过去的顽皮，服从指挥，勇敢作战。

1946年5月，由于武工队缺少手枪，叶车养决定深入塘ce去取。塘cc是化、吴、梅“剿匪”指挥部，军警林立，敌人绝不会想到有人敢虎口拔牙。在一个圩日，叶车养孤身一人，头戴一顶破竹笠，光着上身，穿条破得没有裤脚的裤子，赤着脚，手挽烂草袋，草袋里装着他心爱的二十响驳壳枪。他来到塘cc圩，用破竹笠遮头，静静地蹲在街角一个卖水果的老人旁边，买了几个水果慢慢吃着，观察是否有佩戴驳壳枪的敌人经过。11时许，有个佩戴驳壳枪、手挽浓妆女人的国民党军官出现在叶车养的视线中，叶车养迅速从草袋中拔出手枪顶在军官的腰间，闪电般缴了军官的手枪，军官和女人吓得大气都不敢出。叶车养得手后随即向天打了几枪，赶集的人们听到枪声乱作一团，被缴枪的军官边跑边嚷：“崩口仔打塘cc，抓崩口仔啊！”此时，叶车养已拿着缴获的驳壳枪混在慌乱的人群中从容离开了塘cc圩。从此，同志们都称他为“虎胆英雄”。

/ 延展阅读 ……

奇袭保安中队

1947年6月，国民党反动派在化县、吴川、廉江地区通缉叶车养。游击队员化装成国民党官兵押解着叶车养，来到了国民党驻扎在化县出拔圩的保安中队门口，边走边大声说："我们是廉江县自卫大队陈卓华领导的第二中队，你们化县的共产党游击队队长崩口仔跑到廉江活动，被我们捉住了，现在押解去化城领赏。"国民党中队长听到哨兵说外面抓到了崩口仔，便开门出来查看虚实。此刻，叶车养用手在后面拍打了一下，战友们心领神会，立即将顶着队长叶车养的手枪对准敌中队长将其击毙。与此同时，其他战友也一齐向敌人射击。叶车养从背后拔出手枪，一个箭步冲进了敌营。敌机枪手还来不及反应，便被叶车养缴了械。这次奇袭，打死打伤及俘获敌人30多人，缴获枪支弹药等战利品一大批，而游击队员却无一伤亡。从此，化州、吴川、廉江等地区的国民党官兵，只要听到游击队队长叶车养的威名，都吓得胆战心惊，不战自乱。

（供稿单位：化州市委党史研究室）

巧送情报

1947年农历九月十八日，陆丰县河口圩，天下着蒙蒙细雨。按当地传统风俗，这一天演大戏。四乡八里的群众会聚而来，使得整个河口圩如节日般热闹非凡。

朱靖祥头戴斗笠，趁着热闹，急匆匆地穿过小巷，走进朱玉玲的家。一进门，他摘下斗笠放在墙角，问闻声而出的朱玉玲："你儿子呢？"朱玉玲："什么事？他在外面看戏啊。""快，你把他叫回家来。"朱靖祥焦急地说。

朱玉玲不敢多问，立即朝做戏的地点走去。他知道，这个时候中区区委朱靖祥急匆匆赶来，一定是有重要的事了。

朱玉玲急匆匆地到戏台的前面寻找儿子朱水林。他知道，儿子矮小，只能在前面找。他张望了许久，并问了几个熟人，终于找到踮起脚尖看戏的儿子。朱玉玲立即上前拉起儿子的手挤出人堆。朱水林不情愿地挣脱："什么事？我要看戏呢！"朱玉玲低声说："上面有人来。"朱水林只好一步一回头地跟着父亲回家。

过了一会儿，朱玉玲拉着矮小的朱水林回来了。朱靖祥一见，立即起身，把朱水林拉到墙角，小声而严肃地说："水林，现在有一个非常紧迫的任务，要你来完成。你赶到大安圩，找到大安第四小学的校长王国祥，把一份重要的情报交到他的手里。"朱水林神色凝重地点了点头。

此时，朱水林的心情很复杂，好不容易盼了一年的大戏正上演，自己正看得高兴，突然

朱水林（1932—？），出生于广东陆河河口镇。早年就读于陆丰县龙山中学、梅州市东山中学。学生时代即受马列主义思想的熏陶、党组织的教育，积极投身革命活动。1945年2月加入中国共产党。中华人民共和国成立后，被派往华南团校深造，此后一直在县、区党政部门担任要职。

被父亲硬拉回家了。虽然他很想看戏，但是党的紧急任务更重要，必须完成。朱靖祥用双手按住朱水林的双肩，弯腰以更低沉的声音说：“把情报送给他是一件事，还有一件，你要从他手里带回另一份更重要的情报给我！”因为朱水林与王国祥互不认识，朱靖祥向朱水林交代了联络暗语，再三强调要确认是王国祥后，方可把这绝密级的紧急情报交给王国祥。朱靖祥又说：“这路上有很多岗哨，查得很紧，充满危险。你年龄小，不易引起敌人的注意，但一定也要小心，要机智灵活，千万不要露出破绽。我们相信你一定能完成任务！”

从河口到大安有30多里路。朱水林是首次走这么远路程送情报，难免有点害怕。朱水林问：“万一有人问我去哪？找谁？怎么回答？”朱靖祥说：“你就说到大安圩找姑姑朱阿芳要点草药。”

朱靖祥取出一把纸伞，把卷好的情报藏在伞头。在父亲朱玉玲的叮咛声中，朱水林打开伞，在蒙蒙细雨中向大安圩的方向走去。

刚开始，一切很平静，路上行人匆匆而过。快到大安圩时，朱水林发现，重要的路口都有敌人设下的岗哨，几个哨兵在对可疑行人进行检查，特别是年轻人，少不了被搜查盘问。朱水林放慢脚步，定了定神，暗暗观察。此时，刚好有三个年老婆婆从身边经过，后边还跟着一个小屁孩儿，朱水林忙插上前去，打着伞与小屁孩儿并肩而行，并装着一家人的样子说话。岗哨的哨兵见他们叽叽喳喳，有老有少，还背着不少农产品，也不盘问，挥挥手就让他们过岗哨。

朱水林一过岗哨，长长地舒了一口气。一位老婆婆发现跟着个小孩，忙问："你要去哪？一个人瞎跑？"朱水林忙说："我要去大安第四小学找校长，该走哪条路？""哦，你跟着我们，快到的时候，我指路给你。"

在老婆婆的帮助下，朱水林顺利地来到了大安第四小学。进了学校，一老师听说这小孩要找校长，连忙领着他去到校长处。

在房间里，王国祥正伏案写着什么，听说有人找，停笔抬头一见朱水林，就问："你有什么事吗？"朱水林按捺不住兴奋地说："现在还可以报名读书吗？"王国祥神色一变："可以，要收学杂费的！"联络暗号对上了，双方都十分激动。王国祥忙起身掩上房门，低声自言自语："怎么让这么小的孩子来？"朱水林从伞中取出情报交给王国祥。王国祥打开看了看，对朱水林说："你等一等，我出去一会，很快回来。"说完关上门走出去。

约半个小时后，王国祥回来了，还带回一把中草药。他把卷好的情报装进伞头交给朱水林，并要他把中草药带上。王国祥对朱水林说："路上有人问，你就说来买草药的。"临走时，王国祥轻轻拍了拍朱水林的肩膀说："好样的！小小年纪，表现很好！很镇定！革命很快就会成功，那时，我们再见！"朱水林猛地点了点头。

朱水林按原路返回，这次，没有来时那么幸运。刚出大安圩路口，因为行人比较少，朱水林引起了岗哨的国民党兵的注意。一个兵对朱水林喊话："喂，小孩，干嘛的？一个人？"另一个兵招手："过来，过来。"朱水林不敢不听，强装镇定地走过去。岗哨的几个哨兵问这问那，朱水林一一回答，丝毫没有破绽。正暗自庆幸即将过关，突然，一个哨兵说了句："这把伞很不错。"这话吓了朱水林一跳，以为他要检查伞或强要这把伞。没想到那个哨兵只是拿着伞旋转了几下，把伞上的水珠甩到另外几个人的脸上，哈哈大笑几声后，就把伞还给了朱水林。

朱水林过了岗哨，马上迈开大步，迅速往河口赶路，顺利回到家中，把重要情报交给了焦急等待的朱靖祥。

延展阅读 ……

朱水林与河口中学

1981年，教育重新受到重视，但个别教师嫌收入少待遇低，谋求跳槽转行。作为一个年过半百的老同志，朱水林放弃在政府部门工作的优越条件，主动要求调往远离陆丰县城30公里的河口镇，担任河口中学校长。当时的河口中学校舍低矮破旧，周围荒凉，由于管理不善，条件艰苦，教师无心教学，学生无心向学，教育质量低下。面对重重困难，他历尽千辛万苦，呕心沥血，艰苦创业，把河口中学办成一所崭新的县、市、省先进学校，他自己也在1989年被评为全国优秀教育工作者。

（供稿单位：汕尾市委宣传部）

李鸿斗三虎

1947年至1948年间，化北流传着李鸿在山底游击区领导游击区战士“驯虎”“打虎”“杀虎”斗三虎的传奇故事。

一是“驯虎”。1947年春，国民党化县李辉强自卫大队和桂军罗沛自卫大队经常进犯山底、丰满一带。为了发展人民武装，化县党组织在山底建立了化北独立大队，但武器奇缺，怎么办？政委李鸿想出了一个好办法。在一个下雨的黄昏，他带领几个游击队员，神不知鬼不觉地进入廉江县石角乡良岸堡村，不费一枪一弹捉走了反动地主“烟斗虎”黄天元和其父亲“跛脚虎”黄光卿。这俩虎，儿子成天吸烟不离烟斗，父亲是跛脚。李鸿吩咐游击队员把“烟斗虎”父子关在一间低矮破烂的屋子里。这时，大雨倾盆，寒风阵阵，那破屋子挡不住风雨。李鸿叫人脱掉“烟斗虎”父子的长衫马褂。他们哪里吃过

李鸿（1917—1949），原名李超，小名阿十，出生于广东化县黄槐西埇村一个贫苦农民家庭。1939年参加爱国将领张炎办的学生队，1940年加入中国共产党。1947年任共产党化县副县长、化北独立大队政委。1949年4月任粤桂南地委委员。1949年6月在化县良垌活动时被敌人特务刺杀，时年32岁。

这种苦，这鬼天气平日在家里围火炉喝酒还嫌冷呢。现在只见他们牙齿打架，浑身颤抖，起鸡皮疙瘩。李鸿又叫人端来两碗野菜粥，对“烟斗虎”父子说：“好吃好住好穿的都被你们这些地主老财反动派占尽了，现在你们也尝尝做老百姓的苦味，吃我们的粮食试试。”父子俩不知是饿还是冻昏了头，狼吞了几口，竟“哇哇”地吐了出来。李鸿对他俩说：“只要你们好好和游击队合作，把家里的枪支弹药主动交出来，保证以后再不为非作歹，便放了你们。”“烟斗虎”父子起初不肯就范。日子一天天过去，两个月过去了，父子俩终于明白，不和游击队合作，便是死路一条。无可奈何，只好答应了李鸿的要求，把家里的枪支弹药交出来，给了游击队50万元，写了保证书，今后再不敢胡作非为，与人民为敌了。李鸿不费一枪一炮，便把黄家二虎驯服了。

二是“打虎”。1947年秋收后，国民党化县山底乡副乡长、地主恶霸“白面虎”刘付延甫，多次带队到塘灶一带收租逼债，敲诈勒索。“白面虎”脸皮如白纸，却凶如恶虎。有一天，天气阴阴沉沉，“白面虎”又带队出去逼租了。他们来到了游击小分队队长冯昌基同志的村中，烧毁了他的房屋，还杀害了冯昌基的母亲和姐姐。噩耗传来，李鸿悲愤交加，立刻率领化北独立大队和山底区中队去截击敌人。为了痛击敌人，李鸿决定兵分三路，分别进入排村、沙垌和园头岭三处密林里埋伏，形成一个三面夹攻的口袋，决心把“白面虎”歼灭在口袋里。傍晚时分，“白面虎”收租回来，趾高气扬，做梦也没想到，等待他的将是“行者武松景阳冈打虎”。当“白面虎”进入包围圈时，李鸿一声令下，三面火力齐发，打得敌人狼狈逃窜，屁滚尿流。“白面虎”目瞪口呆，双腿发软，哭着喊投降。这一仗，打得敌人伤亡惨重，还没收了“白面虎”的租谷。“白面虎”成了“病猫”，再不敢威风了。当地的老百姓和游击战士编了一首歌谣称赞李鸿：“老虎出山遇猎手，咬人不成栽跟斗。英雄打虎传捷报，恶虎变成丧家狗。”

三是“杀虎”。1949年春，游击队了解到，化廉边界的坡禾地村，有几支步枪即将上交给国民党联保队，而枪放在坏蛋“猪牙鬼”冯六处。冯六十分狡猾、奸诈，游击小分队队长冯昌基带人去收枪时，他却说枪已被邻村人借去打野猪了，要后天才能还回来，让他们到时再来收枪，还拍胸口保证一定把枪交给游击队。冯昌基听后，看到冯六那狡诈的眼神，想起了一年多之前发生的一次血的教训：朱曹联络站站长冯焕儒同志，因听信两个反动乡长之约在指定时间到山角头村取款领枪，结果遭敌人伏杀。这次“猪牙鬼”莫非又安此心？他回来将情况向李鸿汇报，李鸿决定将计就计。到了那一天，天将破晓，李鸿带领游击队员们兵分两路，在坡禾地村附近悄悄地形成一个伏击圈，然后派冯昌基带几个人入坡禾地村取枪。

果然不出所料，敌人已设下圈套。国民党地主乡兵和五保联防队50多人全部出动，由绰号“翘尾虎”的罗如英带领。他们准备伏杀前来取枪的人后，回去喝庆功酒，可做梦也没想到中计的是他们自己。战斗打响后，去取枪的同志边打边撤，诱敌出村。“翘尾虎”看到这边人少力单，便拼命追赶。当他们进入伏击圈后，游击队立即组织火力猛烈扫射。“翘尾虎”方觉情况不妙，急忙掉头逃跑。当逃到坡禾地村村背的大埇水圳时，被埋伏在那里的尖兵活捉。游击队把他交给人民政府。人民政府即召开公审大会彻底清算他的罪行，真是大快人心！

延展阅读

化北独立大队

李鸿长期在化北开展革命活动，以灵活的战术、积极的统战工作和广泛地团结群众，建立了覆盖全化北的革命根据地，组织茂化边区委开辟茂名西部，有力支持了两广周边的革命斗争。1947年，李鸿成立化北独立大队，与国民党反动派开展武装斗争，使被分割的游击区连成一片。即使在国民党反动派的重点“围剿”、革命斗争困难的情况下，李鸿依然不屈不挠，带领化北广大群众与敌人做斗争。

（供稿单位：化州市委党史研究室）

王怀勋宁死不屈

1947年10月，国民党反动派对化、吴、廉地区进行大扫荡。1948年2月，钟燕飞和王怀勋带200多人在排村伏击了化县自卫大队的一个排，后转到斑瓜嶂、铁屎嶂，因给养难以解决，只好调头南归。2月13日，队伍到达林尘乐贤山村，遭到保十团及李辉强、岑民生两个保警大队围攻。由于力量悬殊，我方伤亡很重，王怀勋在掩护战友突围时左脚受伤，不幸被捕。

2月15日，王怀勋被送到国民党政府增设在化城关帝庙里的秘密监狱，这座监狱只囚禁王怀勋一人。外边岗哨密布，戒备森严；里边白天也是阴森森的，老鼠屎、蝙蝠屎、其他杂物的腐烂味弥漫在这窄小的空间，给人一种窒息感。王怀勋负伤后，走动时牵拉到筋腱，伤口不时出血，身体极为虚弱，经常处于半昏迷中。

在狱中，王怀勋遭受敌人严刑逼供，仍坚贞不屈。敌人便改用软硬兼施的办法，一开始让医生来给他治伤，王怀勋明白这是敌人软化自己的把戏，拒绝治疗并斥责："你们不必干这猫哭老鼠的事，我的头每一天都有可能被挂在街头示众，用来恐吓一些意志薄弱的人，小小的脚伤还用得着医吗？"医生灰溜溜地走了。

敌人继而让贪生怕死的叛徒周伟才来劝降。王怀勋初见到昔日的同志欣喜万分，急切地询问部队现在的情况，但三句话下来就明白了周伟才的叛徒身份，他怒斥道："你知道我坐牢的是什么地方吗？这里是关帝庙！封建时代的关公还懂得忠义，人们

王怀勋（1922—1948），原名王光中，广东化县人。1933年秋在吴川世德小学就读。1935年秋，王怀勋考入化县一中。1938年秋，王怀勋加入张炎领导下的第十一区游击队司令部乡村工作团。1946年初由钟国祥介绍加入中国共产党。1946年冬，中共华南分局派在香港工作的王怀勋回粤桂边区工作，粤桂边区司令部安排他打入白区，后返回粤桂边司令部担任秘书工作。1948年2月13日在与敌人作战中受伤被捕，同年2月21日就义，时年26岁。

建庙纪念他，你这不忠不义的叛徒有何脸面来见我？！”周伟才辩解：“我虽然自新，但不害人。”王怀勋骂道：“你被敌人叫来对我劝降，还不害人？你背叛党，比狗还不如！”周伟才羞愧难当，狼狈地离去。

一次次劝降失败，把国民党化县党部书记长李可育气得暴跳如雷，决定亲自出马。王怀勋被架进审讯室，李可育立即满脸笑容地指着一把椅子说：“请坐，今天请你来随便聊聊。”王怀勋冷笑一声，连看也不看他一眼。李可育虽觉没趣，但“戏”还得演下去：“你知道关公有忠有义，但是关公落难时也投靠曹操，所谓‘识时务者为俊杰’……”王怀勋笑道：“你也配讲关公？你这是汉奸哲学！我被囚禁，但我身在曹营心在汉！”李可育说：“不愧是读过大学的人，有知识有学问，共产党只是让你当个参谋，太屈才啦！只要你迷途知返，我以县党部书记长的名义上报，委任你当个团长、副团长的不成问题。”“笑话！贵党的人就知道升官发财，共产党人想的都是劳苦大众！你叫我自新，我叫你改邪归正，共产党给你立功赎罪的机会！”一番义正词严的话语像炸弹一样落在李可育的心里，他气急败坏地嚎叫：“你要明白，你的命是在我的手里！”王怀勋轻蔑地笑了笑：“怕死不革命！”这时不识趣的保警大队队长岑民生点头哈腰地走进来，将事先写好的自首书递到王怀勋面前，又拿毛笔和墨砚说：“你在上面签上自己的名字就可以获释啦！”王怀勋忍无可忍，一把夺过自首书撕得粉碎，大声质问：“我有什么罪？为什么要自首？你们这些反动派就应向人民低头认罪，改过自新。否则，等待你们的将是人民群众的审判！”敌人恼羞成怒，将王怀勋吊起来毒打，把他打得昏死过去。穷途末路的敌人慑于革命形势的迅猛发展，决定处决王怀勋。

1948年2月21日早上，国民党反动派以押送王怀勋到高州审讯为名，准备途中将他杀害。闻讯的群众聚集在街道旁，对经受住严峻考验的王怀勋充满无限崇敬和关切之情。此时，王怀勋的伤口仍在流血，鲜红的足印留在走过的街道上。他不顾伤痛，对为他送行的人作最后的宣传。过了东岸渡，到了河东石公岭停了下来，王怀勋明白此处便是就义的地方。他喝令刽子手们等一等，然后迎着初升的太阳，深深地吸了一口大地的清新空气，振臂高呼：“打倒国民党反动派！”“共产主义一定胜利！”“中国共产党万岁！”说罢从容就义。

延展阅读

王怀勋的绝笔信

王怀勋被捕入狱后，有几位进步青年如彭祖荫等冒着生命危险去看望他，都被他那种视死如归的精神和革命必胜的坚定信念所感动。舅母凌桂婉去看望他时，他泰然自若地说："你有这样一位出色的外甥，应该感到自豪和骄傲，如果敢认我亲戚，就去买斤把猪肉来给我吃，我要精神焕发地去见马克思。"并一挥而就留下了他给司令部的一封信和可歌可泣的绝笔诗。信的原文是这样的：

昆仑山（司令部代号）诸同志：

陈达（王怀勋代号）此次衔命北上，身经数战于乐贤一役，因情况不明，驳壳不发，且足部受伤，以致被俘，于今已矣！但我誓要遵守党的纪律，保持共产党人的革命气节，可谓求仁得仁，斯至矣！临命无言，仅仿作陆放翁诗一首，致意。

死去原知万事空，但悲不见九州同。

大军南定粤桂日，坟头洒酒告知侬。

当时各民主人士传阅之余，赞不绝口，顿足捶胸，深感痛失良才。他在生离死别之际，借舅母看望之机，高度概括地向司令部汇报了过去的工作，并表达了对共产主义信仰的忠贞。

（供稿单位：化州市委党史研究室）

南粤红色故事

NANYUE HONGSE GUSHI

（下）

顾作义 主编

NANYUE

南方日报出版社
NANFANG DAILY PRESS
中国·广州

目录

• MULU •

"农运大王"烧田契 / 001

从学徒到工运领袖 / 005

农民运动的摇篮 / 013

满缸水也不能溢 / 017

两床毛毯抵伙食费 / 022

一封"鸡毛信" / 028

巧设伏击阵 / 032

狱中绝命书 / 038

送信小英雄 / 044

红军"阿姆" / 051

一门八忠烈 / 056

鬼门关前走几遭 / 061

送信智斗敌 / 066

小鬼班 / 072

生擒蒙老虎 / 078

钢铁战士夺机枪 / 084

植地庄八勇士 / 093

小小文印员 / 099

眼皮底下派传单 / 104

革命的好妈妈 / 109

真假夺枪记 / 114

小小盐店大贡献 / 122

广东“渡江侦察记” / 130

一位赫赫而无名的人 / 135

“农运大王”烧田契

1922年，留学回来的彭湃开始从事农民运动。他广结农友，肯帮穷人，家里怕他把家产败光，就决定分家。这下，彭湃可高兴了，他认为家里分给他的那些家财田产，全是剥削农民来的，现在应该还给农民才对。于是，他就把家里分给他的那些地契和商铺租赁契约，挨家挨户地送还给农民。

彭湃原以为自己的行为会使农民很高兴，可没想到那些被压迫怕了的农民根本就不相信会有这样的好事降临，他们害怕日后会有更多的麻烦找上门来，有一个佃户甚至哭着求他“高抬贵手”放过他们。结果，没有一个农民敢从彭湃手中接过田契。

要革命，就要彻彻底底。农民不相信，那就证明给他们看！彭湃决心让革命的烈火先在自己这里燃烧起来。可是，要怎样才能使农民们亲眼看见那些剥削人的田契被烧了呢？彭湃

彭湃（1896—1929），乳名天泉，原名彭汉育，广东海丰县城郊桥东社人，曾用过王子安、孟安等化名。出身于工商地主家庭。1921年加入中国社会主义青年团，1924年初由团转入中国共产党。1927年10月，在广东海陆丰地区（今汕尾市）领导武装起义后，建立了海丰、陆丰县苏维埃政府（这是中国第一个农村苏维埃政权）。1929年8月30日在上海龙华英勇就义，时年仅33岁。

民主革命时期，彭湃开展农民运动，撰写的《海陆丰农民运动》一书成为从事农民运动者的必读书，被毛泽东称为“农民运动大王”、中国农民运动的领袖。2009年9月，彭湃被评为“100位为新中国成立作出突出贡献的英雄模范人物”。

想到农民最喜欢的活动就是看大戏，而他们一天当中最空闲的也只有夜晚了。于是，他请戏班在自己家门口龙舌埔上演大戏，并请十里八乡的农民前来观看。演戏可是一件大喜事。果然，四邻八乡的农民们都争先恐后地前来观看。

很快，台下便挤满了人。这时候，彭湃拿着一大捆田契郑重地走上台，台下马上安静了下来。只听见彭湃情绪高昂地大声说：“兄弟姐妹们，彭名合的田不是彭名合的，更不是彭湃的，而是大家农民兄弟起五更睡半夜终年辛勤劳动开垦来的。现在，田是谁开垦的，就归谁。我本来把田契还给你们，但你们不相信，那我现在就把这些田契当着你们的面全部烧了，你们自己领自己的田地去吧，以后不用再来交租了，要是交来了我也不会收。”说完，他一张一张地宣读每张田契上所写的地点、亩数、佃户姓名，然后，当场将全部的田契烧毁。

农民们亲眼看着熊熊烈火把田契烧得无影无踪，顿时，台下一片欢腾，千万双眼睛里全是感动的泪水。

很快，彭湃火烧田契的革命行动传遍了海陆丰以及东江各县，他用行动赢得了农民的信任与支持，农民们拥戴他、追随他，并纷纷加入农会，和他一起投身到轰轰烈烈的革命浪潮中去。

延展阅读 ……

海陆丰革命根据地

海陆丰革命根据地是广东唯一的一块革命根据地，在全国13块革命根据地中创建最早，为中国革命作出了重大贡献和巨大牺牲，在中国革命历史上具有特殊的重要地位。

海陆丰是中国共产党开展农民运动的策源地、中国民主革命的先行区，是最早开展土地革命的根据地。早在1922年，海陆丰就成立了全国第一个农会组织“六人农会”，掀起了轰轰烈烈的农民运动，开创了党领导土地革命的先例，带动了广东全省乃至全国农民运动的兴起。

1927年，海陆丰连续发起三次武装起义，建立了全国第一个苏维埃政权。当时海陆丰共有党员4000人，占广东省党员总数的44%、全国党员总数的7%，为党独立领导武装斗争进行了成功尝试，为建立人民当家作主的红色政权作出了典型示范。海陆丰革命根据地竖起的苏维埃政权旗帜，扩大了党的影响，预示着“新的革命政权正由东江扩大至全广东及至全中国”。周恩来、徐向前、叶挺、贺龙、聂荣臻、林伯渠、刘伯承、恽代英、郭沫若、何香凝、柳亚子等老一辈革命家和革命仁人志士，都在海陆丰这块红色革命根据地上留下了足迹。

（供稿单位：汕尾市委宣传部）

从学徒到工运领袖

罗登贤在家乡念过两年私塾。母亲去世后，他和弟弟罗广被姐姐接到香港，又读了两年小学。他11岁就跟姐夫进入太古造船厂当学徒，学安装电灯和“打磨”（广东人称钳工为“打磨”）。四年学徒期满后，又在该厂当钳工六年。长期的工人生活，使他饱尝了帝国主义的欺凌和资本家的剥削压迫之苦，增强了他爱护阶级兄弟之心和勇于斗争的精神。有一次，一个新徒工做坏了活，遭到工头的毒打，并有被开除的危险。他挺身而出，向工头说：“你不要打他，活做坏了是我的过失，我告诉错了，该打该罚由我承担！”结果，他虽然也挨了工头的打骂，但保护了新徒工使其免遭开除。他的这一举动，使工友们深受感动。

罗登贤（1905—1933），出生于广东南海紫洞格巷村。他是中国工人运动的著名领袖、东北人民抗日斗争的主要发动者和领导者，曾先后任中共第六届中央政治局候补委员、中华全国总工会委员长、中共广东省委书记、中共满洲省委书记、中华苏维埃共和国中央执行委员会执行委员等职务。1933年被捕牺牲。

罗登贤是东北人民抗日斗争的主要组织者和领导者，他在东北抗日救亡斗争中创立了光辉的业绩。罗登贤牺牲后，1935年在著名的《八一宣言》中写上了罗登贤的光辉名字，把他作为为抗日救国而捐躯的民族英雄来纪念，充分肯定了罗登贤抗日救国的历史功勋。

1920年4月，香港5000多名机械工人为了要求增加工资，举行大罢工。罗登贤和太古造船厂的工人一起积极参加罢工斗争，反抗英国资本家的残酷剥削。

罢工取得了胜利，罗登贤认识到，工人只有组织起来才有力量。于是，他和厂里的工人积极分子共同筹划成立了本厂的华人机器工会。

1922年初，在苏兆征、林伟民等人领导下，著名的香港海员大罢工爆发了。3月，香港各行业工人又举行了总同盟大罢工，人数达十余万。

罢工期间，黄色工会到各大船厂和运输业游说，说什么要等待“调停”，妄图阻止工人参加总同盟大罢工。罗登贤等人当即在太古造船厂召开工人大会，揭露黄色工会的阴谋，指出“调停”的实质就是妥协，号召工人一定要将罢工进行到底。在罗登贤等人的积极组织和领导下，太古造船厂的工人在罢工斗争中取得了工资增加15%的胜利。罢工胜利后，他和李连等人领导太古造船厂的工人，改组了本厂的华人机器工会。

工人运动的发展，引起了资本家的恐惧。他们与香港当局勾结，借口罗登贤煽动工人闹工潮，把罗登贤逮捕，判刑六个月。罗登贤出狱后，又与工会的积极分子郭登、沈润生、袁超德等人，联合香港金属业工人，成立了金属业工会，并被推举为领导人之一。

1924年冬，中共广东区委派共产党员杨殷、陈日祥到香港开展工作，经常在醒艺群俱乐部与工人一起活动。罗登贤在那里结识了陈日祥。1925年初，组织又派梁复然、罗珠到香港发展组织。这年3月，由罗珠和陈日祥介绍，罗登贤光荣地加入了中国共产党。这时，中共香港支部成立，黄平为支部书记，党员有苏兆征、林伟民、陈日祥、罗珠、李连、杨开、梁复燃和罗登贤等十余人。

罗登贤入党后，更加努力学习和积极工作。他住在姐姐家的一间又低又黑的小阁楼里，每天晚上都点着小油灯阅读书报和党的文件，常常到深夜。有时边吃饭边看书，由于精神过于集中，不管桌上有几盘菜，他只吃眼前那盘，并且常常吃饭竟不知吃的是什么菜。同年5月，罗登贤被调到香港海员工会任秘书，在苏兆征领导下工作。

五卅惨案后，全国掀起了轰轰烈烈的反帝浪潮。为了支援上海工人阶级的斗争，6月19日，举世闻名的省港大罢工爆发了。

罗登贤作为香港金属业工会支部书记和香港机工联合会罢工工人代表团团长，参加了省港罢工委员会的领导工作。

由于黄色工会的控制，香港各船厂工人在罢工开始时没有参加。罗登贤深入各船厂发动工人，揭露黄色工会的欺骗宣传，工人群众提高了认识，很快参加了罢工斗争。6月下旬，罗登贤带领罢工海员和金属业工人离开香港去广州。23日，罗登贤带领他们参加了在广州举行的反帝示威大游行。游行队伍到达沙基时，英帝国主义以武装镇压，制造了血腥的沙基惨案。罗登贤目睹爱国同胞被枪杀的惨状，愤怒地说："帝国主义这样野蛮地对待我们，我们必须起来反抗。"为了打击英帝国主义，省港罢工委员会决定组织工人纠察队武装封锁香港。罗登贤根据决定，发动香港机工联合会和金属业工会工人参加纠察队，武装封锁香港。

1926年2月22日，英国税务司贝尔借口罢工工人扣留的八艘货船，未经港方检查，要封闭粤海关。其目的是破坏省港工人大罢工。罗登贤得知这消息后，立即召开金属业工会和机工联合会工人声讨大会。他在会上讲话说：“帝国主义不仅杀害我国人民，还要断绝粮食、工业品入口，这简直是要我们广东人民的命，我们必须迅速起来反抗！”2月26日，省港罢工委员会在广东大学广场上召开了十万多人的群众大会，抗议英帝国主义封闭粤海关。罗登贤发动金属业、机器业工人参加了这次大会，并和工人一起游行示威，高呼“废除不平等条约！”“收回海关自主权！”“打倒英帝国主义！”等口号。在群众和国民政府的抗议下，英当局在当天宣布重开粤海关。

在省港大罢工中，中华全国总工会指示要按行业建立统一工会组织。罗登贤积极贯彻这一指示，于4月6日与罗珠、彭松福商定，以香港机工联合会的名义发表了《为统一组织告金属业工友书》，指出要打倒帝国主义、军阀、资本家及其走狗，“必须我们的力量集中，组织坚固。我们欲改良我们的生活，增加工资，减少工作时间，改良待遇，改良卫生条件，也要我们的力量集中和组织坚固。如果不是这样，我们说，打倒我们的敌人，改良我们的生活都是废话”。经过几天筹备，4月10日在广州召开了香港金属业总工会成立大会，到会代表376人，全国总工会副委员长刘少奇、省港罢工委员会委员长苏兆征等人到会作了报告。大会选举罗珠为香港金属业总工会委员长，中共广东区委、中共省港罢工委员会党团任命罗登贤为金属业总工会党团书记。罗登贤在会上讲话："香港金属业总工会是在反帝国主义的斗争中成长起来的，它的目前任务是保障工人职业，改良工人的生活。而它的中心任务是要打倒帝国主义的走狗封建军阀。……争取将来完全解放。"新成立的金属业总工会包括机工联合会，华人机器工会，电车工会，巴士、的士司机工会，船主、司机工会等工会组织。6月19日，省港罢工委员会召开省港罢工周年纪念大会，香港金属业总工会发表了《罢工周年纪念宣言》。宣言指出：帝国主义者屡次唆使其走狗、反革命派散布种种谣言，捣乱广东政局，以及破坏我们罢工。……工友们要继续斗争，把帝国主义、军阀及一切反革命派，接二连三打个落花流水。北伐战争开始后，罗登贤又派出演讲团，到罢工工人宿舍，宣传援助国民革命军北伐的意义，动员了几百名罢工工人参加北伐运输队。这一行动，得到省港罢工委员会机关报《工人之路》的表扬。

为了集中力量进行北伐战争，1926年10月省港罢工委员会宣布停止大罢工，开放对香港的封锁。罗登贤根据罢工委员会的指示，积极为金属业工人找工作，对一时找不到工作的工人，仍继续为他们解决食宿问题。同年10月，中共香港支部改为香港市委，罗登贤被选为市委常委，负责领导工运工作。1927年3月，苏兆征、邓中夏、罗珠等人离开广州去武汉出席党的五大会议时，罗登贤除领导中共香港市委工作外，还协助省港罢工委员会的何耀全、李森等人继续领导省港罢工委员会的工作。

/ 延展阅读 ……

省港大罢工

省港大罢工是一场1925年6月至1926年10月在香港和广州发生的大规模、长时间大罢工。1925年五卅惨案后，中共中央广州临时委员会和中共广东区委根据中央关于声援上海人民斗争的指示，决定指派邓中夏、黄平、杨殷、杨匏安、苏兆征组成党团，到香港组织罢工。经过短短几天的发动，工人们纷纷表示赞成举行罢工，声援上海反帝爱国运动，并成立全港工团联合会，作为香港组织罢工的公开指挥机关。6月19日起，电车、印刷、船务工会首先响应，三日内即有二万人离开岗位，返回广州。各学校学生亦同时罢课。在广州，沙面英租界的华工也于6月21日起响应。同时，广州政府在国民党中央委员兼工人部长廖仲恺的主导下，决定援助香港工人回广州生活。7月6日，省港罢工委员会成立，下设各部门主持罢工，成立二千多人的工人武装纠察队，封锁香港，禁止粮食输出香港及经香港之货物入口。至7月8日，已有十三四万人离港，前往广州、佛山等地。1926年夏，广州国民政府出师北伐，数千罢工工人组成运输队、宣传队、卫生队、慰劳队等开赴前线，罢工工人纠察队镇守后方。同年10月，中共广东区委和省港罢工委员会根据形势的变化，宣布结束罢工。这场罢工坚持长达16个月之久，在中国工人运动史上是空前的，在世界工人运动史上也属罕见。

（供稿单位：佛山市委宣传部）

农民运动的摇篮

1925年9月，毛泽东第三次来到广州，10月担任国民党中央宣传部代理部长，主持国民党政治委员会机关刊物《政治周报》，次年5—9月，主持第六届农民运动讲习所并任所长，古老的番禺学宫成了革命的摇篮，为党培养了大批农民运动骨干。

毛泽东除担任所长、负责主持所务工作外，还亲自给学生讲授了“中国农民问题”“农村教育”“地理”三门课程。毛泽东广为人知的《中国社会各阶级的分析》的主要内容也曾在这里作了讲授。据说，在讲授“中国社会各阶级的分析”的时候，毛泽东为了把各个阶层的关系讲清楚，还专门在黑板上画了一座多层塔，然后从塔基到塔顶把工人、农民、小资产阶级、地主阶级，以及帝国主义等，自下而上逐个罗列出来，然

农民运动讲习所

毛泽东（1893—1976），字润之（原作咏芝，后改润芝），笔名子任。湖南湘潭人。中国人民的领袖，马克思主义者，伟大的无产阶级革命家、战略家和理论家，中国共产党、中国人民解放军和中华人民共和国的主要缔造者和领导人，诗人，书法家。

1949至1976年，毛泽东担任中华人民共和国最高领导人。他对马克思列宁主义的发展、军事理论的贡献以及对共产党的理论贡献被称为毛泽东思想。因毛泽东担任过的主要职务几乎全部称为主席，所以也被人们尊称为“毛主席”。

后鼓励大家：只要大家齐心团结，劳苦大众起来斗争，何愁“塔”不倒！

在自修课上或课余饭后，毛泽东还经常指导学员进行课外理论研究，并在学员中组织了13个农民问题研究会，与学员们就“租率”“主佃关系”“农村组织状况”等进行了全面研究。他又挑灯夜战，将这些调查材料编成《农民问题丛刊》，一共出版了26种，用以指导全国的农民运动。毛泽东亲自为该丛刊撰写了序言《国民运动与农民运动》，对农民运动理论作出了伟大的开拓性探索。

农讲所其他教员包括萧楚女、彭湃、周恩来、阮啸仙、恽代英、赵自选等，分别讲授政治、经济、文化和军事等方面的课程。此外还聘请了社会知名人士郭沫若、何香凝等为学生作专题演讲。来自全国各地的学员们不仅在这里学习革命理论、进行军事训练，还到海丰、曲江等地的农村考察农民运动。毕业后，他们分赴全国各地进行革命活动，播下了许多革命火种，在中国革命史上写下了重要的篇章。

值得一提的是第六届农讲所严格的军事管理制度。第一届办学仅仅一个月，到黄埔军校军训十天，而第六届办学达到四个多月，军训课时安排达到全部课程时间的三分之一，并且训练更加全面系统，出操、集会、上下课、吃饭、睡觉、起床等，都是以吹号为令，训练非常严格。每天清晨，军号一响，学员们迅速起床，在五分钟内穿好军装，戴好军帽，打好绑腿，背起步枪，整队到东较场操练。

时任黄埔军校政治部主任的周恩来到农讲所任教，也是因为毛泽东和实行的军事管理制度。为了提高学员的军事素养，毛泽东还专门把周恩来请到学校，讲授“军事运动与农民运动”课程，而这也是周恩来与毛泽东共事的开始。

延展阅读……

农民运动讲习所

农民运动讲习所是第一次国共合作时期，为适应蓬勃发展的农民运动形势而创办的。1923年中共三大以后，中国共产党和社会主义青年团重视农民运动，中共广东区委和团广东区委关于开办农民讲习所问题的报告中讲到“用国民党中央农民部名义工作，开办农民运动讲习所”。

1924年6月30日，国民党中央执行委员会第39次会议通过农民部提出的农民运动第一步实施案，接受中国共产党人彭湃等的提议，决定在广州设立农讲所。农讲所第一、二届在越秀南路的惠州会馆举办，分别由彭湃、罗绮园担任主任。第三至五届在东皋大道1号（今中山三路永兴街6号）举办，分别由阮啸仙、谭植棠、彭湃担任主任。第六届移至番禺学宫举办，由毛泽东担任所长。

农讲所开设三民主义、中国国民党史、中国史、各国革命史等课程，毛泽东、周恩来、恽代英等曾在此授课，六期共培养772名毕业生与25名旁听生，其中第六届人数最多，规模最大，影响最深，有来自全国20个省的318名学员。他们毕业后分赴全国各地从事农民运动，成为农运的骨干力量，领导农民开展反帝反封建斗争，对中国革命作出了重要贡献。

满缸水也不能溢

1926年，在共产党员、曲江县农民运动领导人梁展如等人的领导下，全县各地掀起了波澜壮阔的农民运动，斗争锋芒直指土豪劣绅。

一天，乌石街逢圩日，阳光灿烂，锣鼓喧天，老人小孩欢欣雀跃，望着一队队肩背土枪梭镖、扬眉吐气的农会会员队伍，直奔斗争恶霸梁兆仁、商团长何银饷的会场。

老汉陈水南正看得出神，冷不防被人从背后拍了下肩膀。他掉头一看，正是“同年”梁东锦（梁展如的父亲），忙问：“同年，你们鹅鼻洞的农友到了吗？”

“刚到。”

“趁斗争大会还未开始，我们去喝两杯吧！难得今天这么高兴。”

于是，两个老汉来到小食店。他们一边吃着花生米，喝着烧酒，一会，陈水南问：“听说令郎在韶州农会当官了？”梁东锦说：“是听说了，可不知什么官。”

“是专管钱粮的！”陈水南呷了一口酒，又说，“你前些时候身体不妥，治病花了不少钱，眼下五月节又快到了，也是一笔支出，去向他要一点吧！”梁东锦觉得展如搞革命，家里一直支持他，现在当了官，拿一点家用也不算为过，于是说：“下午就去！”

当天，俩老汉乘火车来到了韶州县农会，门卫看他们既无会章又无介绍信，不让进去。一位值班的干部走出来问：“你们

梁展如（1901—1949），出生于广东曲江乌石鹅鼻洞的一个贫苦农民家庭。早年参加农民运动，历任村、乡、区农会执行委员，县农会常务委员。1925年12月加入中国共产党，1927年冬，梁展如任中共曲江县支部书记，参与领导了著名的曲江西水农民武装暴动。1945年1月曲江沦陷后，梁展如率先在家乡鹅鼻洞组织起30多人的抗日武装，联合马坝、沙溪的抗日武装成立了“曲江联乡抗日自卫委员会”。4月，梁展如亲赴英东同东江纵队北江支队司令员邬强取得联系，使曲江游击队纳入北江支队建制，称“曲江大队”，梁展如任大队长。1948年初，梁展如调往北江第一支队司令部，先后任中共翁曲工委委员、北一支三团副团长，转战曲翁边境。1949年2月不幸被俘，面对敌人多次严刑拷打，他严守党的秘密，坚贞不屈，同年4月28日，在翁源官渡河边英勇就义。

有什么事？”

“找人。”

“找谁？”

“找庭娇。”

“这里没有这个人呀！”

“啊！他正名叫梁展如。”

“他是你们什么人？”

梁东锦说：“是我的小儿。他在吗？”

那位干部说：“请进来休息一会，他很快就回来。”两人来到接待室。没多久，梁展如回来了，与父亲、同年爷见面后，一齐进了卧室。室内十分简朴，床边放着两箩“光洋”（银元）和三箩“双毫”（银币）。

“下面情况怎么样？”梁展如问，两位老人争相倾诉所见所闻。陈水南几次示意东锦看那“光洋”和“双毫”，梁东锦才言归正传：“展如，现在青黄不接，又快过五月节了，家里急需用钱啊！”

梁展如说：“乡农会会适当解决的。”

“农会哪能顾得这么多。”

陈水南也替同年帮腔：“贤侄，你如今做官了，拿几十元回家过节用，无论如何也是做得到的。”

"我同农军战士一样，每月只有两块钱津贴，哪来几十元？"

梁东锦指着箩说："那儿多的是。"陈水南接话："老侄，这是没收财主的钱。你管钱，用多用少，谁还跟你算账。拿几十元不就等于满缸水溢出几滴！"

梁展如严肃地说："这是公家的钱，一分一厘都要花在革命事业上。用多少当然无人核算，但我为革命管钱，不是贪官污吏，见钱就扒。今天乌石街斗争的那两个人就是鱼肉百姓的吸血鬼。我能做那样的人吗？晚辈廉洁清白，你们应该高兴吧！"梁东锦听了说："农会的官是替穷人办事的，展如做得对。"陈水南竖起大拇指："真是无私无弊的好儿郎！"

延展阅读 ……

曲江农民运动

1926年上半年，曲江全境出现严重的旱灾，上造粮食将严重失收，农民纷纷要求"二五减租减息"。在县农会的发动和中共北江地

曲江农会千人大会旧址

委以及省农会北江办事处的领导和组织下，成立了“曲江各界救济委员会”。此时，曲江农民运动进入高涨时期。同年夏收前，梁展如在曲江白沙圩召开有各区、乡代表的“二五减租减息”千人大会，并组织示威游行，高呼“打倒地主豪绅！”“一切权力归农会！”的口号，迫使地主豪绅有所收敛，斗争取得胜利。

图为曲江农会千人大会旧址，位于曲江区白土镇白沙下街路。该旧址多数旧建筑已改建为新民居，原貌已改变。

（供稿单位：曲江县委党史研究室）

两床毛毯抵伙食费

1927年，蒋介石发动了震惊中外的“四一二”反革命政变，仅3天内即有300多人被杀，500多人被捕，5000多人失踪。海陆丰在彭湃同志的领导下，发动了武装起义，反抗蒋介石的血腥屠杀，在革命处于低潮时继续坚持斗争。南昌起义部队也南下广东，奔赴海陆丰。在这个重大历史变革的时刻，小小的兰湖村迎来了周恩来、叶挺、聂荣臻等一批南昌起义领导人。

兰湖村位于陆丰县南塘墟西南面十公里处，群山环绕，地势极为隐蔽，只有7户人家。尽管地瘦人贫，但这里群众基础好，革命热情高。

1927年10月3日，周恩来以前敌委员会书记身份在普宁县召开“流沙会议”，遇到敌人袭击，率队伍突出重围，经陆丰县甲子、湖东，辗转到南塘。当时，周恩来已身染疟疾，发着高烧，从汤坑撤下来往汕头的路上，是躺在担架上带病指挥作战的。时任汕头市委书记杨石魂等决定将周恩来同志转移到兰湖村。10月14日晚，联络员郑绪文将周恩来一行带到中共地下党员、南塘区委的购粮干部郑仲家。

为保密起见，周恩来、叶挺、聂荣臻等领导人一到兰湖，郑仲便安排他们住在其堂弟郑太岳的茅屋。郑妻煮好饭后，由郑仲的堂兄郑端良专门负责送吃，而且不准闲杂人员进入，以防不测。起义部队的领导人暂时有了短暂的安稳时间。

一天饭后，周恩来亲自将伙食费用一块大洋交给了郑端

周恩来（1898—1976），浙江绍兴人，1898年3月5日生于江苏淮安。1921年加入中国共产党，是伟大的马克思主义者，伟大的无产阶级革命家、政治家、军事家、外交家，党和国家主要领导人之一，中国人民解放军主要创建人之一，中华人民共和国的开国元勋，是以毛泽东同志为核心的党的第一代中央领导集体的重要成员。1976年1月8日在北京逝世。他一贯勤奋工作，严于律己，关心群众，被称为“人民的好总理”。

良，并交代以后每天伙食标准是一块大洋。郑仲是一位忠诚的地下党员，他发现周恩来患着严重的疟疾，还发高烧，主动向杨石魂提出一种治疗疟疾的偏方，并上山采药、熬药。周恩来服后，高烧渐退。

其间，郑太岳的母亲用青草熬水，专门给周恩来洗澡发汗，这是当地治疗发高烧的土办法。经过几次诊治，周恩来身体渐感轻松，他十分感谢这位老妈妈的细心照顾。几十年后，身为国务院总理的周恩来还深有感触地说："海陆丰的老百姓对我们很好，所以没有发生意外。"

杨石魂听闻本地区地主保安团比较活跃，心中十分不安，了解到南塘区委书记黄秀文的老家金厢黄厝寮背靠琐城岭，面临大海，是一个十分隐蔽、容易出海的好地方，而且农军也很有力量。他们决定让周恩来一行转移到金厢黄厝寮村，再从金厢港出海至香港。

10月15日下午，杨石魂修书一封给南塘区委书记黄秀文。信中写道："绝密！即晚上9时，派出两个可靠的党员到琐城岭迎接周恩来、叶挺和聂荣臻同志。必须绝对保密……以保证首长安全！"

晚饭时，叶挺想到几万人的部队只剩他们一行，十分难受，看到眼前的饭食，若有所思地问道："这一块银元的伙食标准差一点吧？”郑仲于是问堂兄郑端良，方知并没有收到管财经人员的银元。叶挺听后急找管财经的人员，却发现那人已不知去向。

夜幕降临，周恩来与郑仲和郑太岳的母亲畅谈，杨石魂在旁翻译。这时杨石魂担心管财经的人员叛变，泄露秘密，便立即向警卫战士、赤卫队员交代出发的任务和注意事项。

这时寂静的夜空传来“砰！砰！”两声枪响。有情况！在周恩来等领导人身旁保护的警卫战士、赤卫队员马上进入战备状态。焦虑的杨石魂看到眼前的周恩来，这位久经沙场的革命者依旧神态自若，似乎什么事情都没有发生一样，仍然微笑着和郑太岳的母亲说话。

周恩来一行决定马上赶路。为安全起见，郑仲认为领导人身穿军装目标太大，坐轿子也不合适，于是建议乔装成小生意人的模样，用箩筐抬着周恩来悄悄到了金厢。

临别时，周恩来见郑家一贫如洗，时已深秋，郑母只用破破烂烂的麻包袋作被子，遂将随身用的一床红色毛毯送给郑太岳的母亲，另一件虎皮毯子送给郑太岳，感谢他们的精心照料，希望这两床毛毯留作留念，权当充抵伙食费。郑太岳的母亲望着身体还虚弱的周恩来，说什么也不肯收，经杨石魂再三劝说才眼含泪珠，从周恩来手里接过毯子。周恩来紧紧握住郑仲的手，连说：“谢谢，再见！”

当晚，周恩来一行在过路溪村突然发现敌情。叶挺军长指挥大伙利用地形让周恩来同志隐蔽在大石头后面，武装人员做好战斗准备。不一会，约有一个排的反动武装经过，幸好未发现有异，向碣石方向扬长而去。敌人过后，周恩来一行安全抵达大岭顶与金厢区农民武装对接。兰湖村顺利完成了护送任务。

/ 延展阅读 ……

南昌起义部队在广东

南昌起义胜利后，前敌委员会决定立即撤离南昌，按原计划南下，到广东建立革命根据地。

1927年8月3日至5日，起义军分批撤离南昌，南下向东江进发，力图以东江为基地，取得国际援助，重新北伐。

从南昌到临川是南征的开始阶段。当时正值盛夏，道路崎岖，行军异常艰难，到达临川后，前敌委员会开始整顿党和军队的组织，正式组建了以新战士为主的第九军和第二十军第三师，并加强了政治教育和宣传鼓动工作。这时，未来得及在南昌参加起义的陈毅和一些同志兼程赶上了起义部队，临川一些农民和学生也加入到起义部队中，使得部队的状况得到改善。

整编后的部队继续向广东进发，在瑞金一带遭到从粤北进入赣南的敌军的两路堵截。之后，起义部队集结在瑞金进行整修，对于入粤的路线等问题进行了反复讨论。最后经前敌委员会研究决定，改变原来的路线计划，主力部队绕道取潮汕，以取得海上的接济，留朱德率3000多人坚守三河坝。9月23日至10月2日，南下部队到达汕头，一度攻占潮汕，但最终于汤坑大败。领导机关分散突围，余部转移至海陆丰地区与彭湃的赤卫队会合，后编为中国工农革命军第二师。朱德得知主力部队在潮汕失败的消息，马上决定主动转移，后辗转到达井冈山与毛泽东胜利会师。

（供稿单位：汕尾市委宣传部）

一封“鸡毛信”

廖碧波是英德县新兴乡亚婆石村，出生在一户贫困农民家庭里，从小就磨炼出勤学苦练的品质。他除了喜欢听英雄人物的故事之外，还爱看通俗读物，是一位勤奋好学的青年。大革命时期，中国共产党曾派出省地县的地下工作人员，到新兴乡开展革命活动，发动群众，组织农民运动。廖碧波从此受到革命理论的教育，思想觉悟不断提高，他自觉地参加了农民协会，组织农民武装，带领亚婆石的农民群众开展打土豪分田地的农民革命运动。

在组织起家乡的农会，把家乡的群众发动起来之后，廖碧波又瞒着他的父亲，离开亚婆石到黄塘乡的同乐街担任七区农民协会常委，深入各家各户，向广大农民群众宣传马列主义，组织村农会，号召农民群众起来打土豪分田地。可是，廖碧波的父亲廖增茂是个胆小怕事的老实人，多次对廖碧波说：“闹革命是有生命危险的……”但廖碧波已立下革命到底的决心，继续坚持在同乐街发动农民群众，组织农民武装。而廖增茂却在考虑如何动摇儿子的信心。他想来想去，终于想到了人们常说的“鸡毛不可拿来试火”这句俗语。于是他就找来一撮鸡毛和一小块木炭，用一个大信封包好，然后在大信封上写着“廖碧波收”等字样。

廖碧波收到从家乡托人带来的信后，拆开一看，里面包的是鸡毛和小木炭，就意识到父亲

廖碧波（1902—1979），广东英德人，出生于广东省英德县新兴乡亚婆石村一户贫苦农民家庭。青少年时期勤奋好学，生活节俭朴素，很有骨气。自己挑柴米去几十里外横石水龙屋，拜颇有文才名望的晚清秀才林耀东为师。读书时结识一位在广州上学、思想进步的龙姓青年，听龙讲述孙中山“联俄、联共、扶助农工”的三大政策和许多中国共产党领导工农群众闹革命的动人情景，受到了革命的启蒙教育。1926年秋，他听说王蔚垣、刘裕光在鱼湾组织农协会，便瞒着父母，连夜赶到鱼湾，找到二人，谈了自己投奔革命的动机和决心，从此踏上了革命的征途。他回到亚婆石村组织了农会，建立起一支有二十多人的农民自卫军。1927年3月，经刘裕光介绍参加中国共产主义青年团。1930年3月加入中国共产党。此后一直在英德等地从事革命活动。1979年7月31日在英德病逝，享年77岁。

要叫他回家，也许家里出了什么事？廖碧波回到家里，看见父母亲身体都好，家里又没有发生什么意外。不出所料，他的父亲一见他就滔滔不绝地说："碧波呀，你可知道，鸡毛是不能试火的，你再这样搞下去是会连累这个家的……"廖碧波此时已经是个政治上比较成熟的青年了，他坚信马列主义，坚信真理，坚定革命信念。他听完父亲的话之后，便斩钉截铁地说："鸡毛试火不可怕，革命到底志难移。"于是，他又一次告别双亲，到各地去继续深入发动群众，把农民运动工作搞得热火朝天。英德党组织的领导对廖碧波的工作表示满意，说廖碧波立场坚定，坚信马列主义，并介绍他参加青年团，分配他当交通员，兼管青少年工作。

革命的征途是复杂的，艰难的。廖碧波在大革命时期、抗日战争时期和解放战争时期经受了不少波折，他曾两次被敌人逮捕入狱，第一次是他在翁源县做党的地下工作时，因回家乡与地下党的同志联系，被反动警察抓去，在国民党反动政府的监牢里关了11个月，在狱中吃的是糠菜稀粥，睡的是暗房地板，受尽了严刑拷打。但廖碧波大义凛然，宁死不屈，敌人始终不能从他那里得到半点东西。1946年夏的一天早上，国民党反动派用一个连的兵力包围亚婆石，廖碧波又一次被捕入狱。在押期间，一个国民党反动派的师长亲自审讯，他用威迫利诱、软硬兼施的手段审问了10多天，但廖碧波始终不泄露半点真情，不暴露党的秘密，保住了英德党组织的安全。

延展阅读 ……

鸡毛信

抗日战争时期，由于敌人的重重封锁和围追堵截，八路军以及华北各地游击队出现情报落后、渠道不畅、信息不灵的状况，黄克诚提出“拿鸡毛当信使”，抗战期间送信粘贴鸡毛的历史从此诞生。由于儿童团员、放羊娃等有可能突破各种封锁传递信息，鸡毛信大多由两者传送。在当时的恶劣环境中，送鸡毛信的人有很大的危险性，送信人绞尽脑汁，想方设法才能突破重围。鸡毛信分一般、急件、特急，无邮票邮戳，只在信的右角上以“+、++、+++”代之，飞快急件，在信封上依次插鸡毛一支、二支、三支。1954年抗战故事片《鸡毛信》展现了这种独特的传讯方式。

（供稿单位：英德市史志办公室）

巧设伏击阵

1925年12月，罗克明受中共党组织委派，回信宜从事建党工作和开展农民运动。他以怀新小学为据点，宣传马列主义和共产党的政策主张。1926年1月，他吸收青年学生陈维世、潘定耀、雷永安等加入共青团，建立起信宜县第一个共青团支部。该支部成立“醒民剧社”，运用演话剧和街头讲演等形式宣传革命，并在农村开办夜校，团结教育农民群众。经过几个月的努力，先后在怀乡、中堂、平花、洪冠、平梅等十多个乡建立起农民协会。7月，他们在怀新小学召开农民代表大会，通过农会章程和决议，正式成立怀乡区农民协会，组织农民开展减租减息、破除迷信、禁止蓄婢和买卖婚姻、清算土豪劣绅的革命斗争。

罗克明领导怀乡区和各乡农民协会，进一步扩大组织，并新建立起东镇区农会和35个乡的农会。这时，广州农讲所第五期学员梁本荣回到家乡思贺开创农运，成立了十多个乡级农会；闵靖平在水口开创农运，建立起多个乡级农会。1926年底，信宜全县农会会员达4万多人。在怀乡，罗克明在开创农运的同时，吸收大批青年积极分子加入共产党和共青团，建立起怀乡、东镇两个区的党委会和13个乡党支部，党员发展到210多人，共青团员达700多人。广东省农协南路办事处领导成员黄学增、朱也赤、钟竹筠多次到怀乡督导农运，对怀乡革命工作给予充分肯定。

1927年“四一二”反革命

罗克明（1902—1932），广东信宜池洞镇扶参村人，中国共产党信宜县委第一任书记，怀乡起义的主要领导者之一。罗克明出生于扶参村，幼年时随祖父迁居怀乡镇百片坑村。1919年秋考入广东省立第九中学，学习勤奋，是班里的高才生。1922年秋中学毕业后，任怀新小学语文教员。1925年秋考进广东国民大学学习，积极投入学生运动，旋即参加中国共产党。他毕生为党工作，30岁因病在香港与世长辞。

政变后，革命形势逆转。信宜很多农会组织和农民自卫军被国民党反动派解散，共产党和共青团组织被迫转入秘密活动。1927年5月，中共南路地委负责人、南路农民革命委员会主任朱也赤在怀乡陈业之家里召开党团骨干会议，宣布建立中共信宜县委，罗克明任书记。根据中共中央、广东省委关于组织武装暴动的指示，朱也赤、罗克明以怀乡为中心，恢复和扩大农会组织，建立农军，开展武装起义的各项准备工作，罗克明任起义军副司令兼信宜县县长。1927年12月15日，在中共南路地委和信宜县委领导下，举行了震动南路的怀乡起义，起义部队成功攻下了区团局和区署，夺取怀乡印金仓库的存粮数百担。16日在怀乡圩背大营地召开群众大会，宣布成立怀乡区苏维埃政府，怀乡起义指挥部挂起了“国民革命军南路警备司令部”的牌子。怀乡起义震动了整个信宜，国民党反动派集中县兵、民团2000人前来围剿，镇压怀乡起义。由于敌强我弱，力量悬殊，起义军决定撤离怀乡，转移到白石扶龙白泥冲，与敌激战四昼夜后，突围转到洪冠。

1928年夏天，因遭国民党严重破坏，寡不敌众，起义军在信宜县委书记罗克明的领导下，转移到信宜县北部的一个偏僻山区——达垌村去活动。他们在达垌村活动期间，又是宣传“联俄、联共、扶助农工”三大政策，又是宣传共产党的主张，实行平均地权，做到耕者有其田，实现民族独立，男女平等，这时还组织农民实施二五减租、惩治恶霸地主，搞得轰轰烈烈。罗克明和起义军在达垌活动的消息传到了信宜县城，国民党信宜县政府的官员们十分恼火，连派三次县城武装大队去清乡扫荡，都吃了亏，即向广东省政府告急。广东省政府即调当时驻南路的国民党正规军三个营，由团长黄彬旦率领，前往达垌扫荡，妄图把罗克明和其领导的起义军一口吞掉。

黄彬旦，人们都叫他“黄笨蛋”。他带领大批兵马向起义军的大本营——达垌逼近。罗克明经再三考虑，为保存实力，于是主动撤退转移。但在转移时，罗克明决定在达垌山上设个“伏击阵”。

达垌山长着茂密的松树、杉树。罗克明利用禾秆芒叶把人头高的小树木包着，扎成假人，还砍来一些竹木，做成枪炮的样子。在起义军撤退转移的第二天一早，黄彬旦派侦探到达垌，从远处看达垌山上，人影晃动，枪炮挥舞（是风吹树木和假人假枪而摇动），很像起义军在那里扎寨伏击，立即回去向黄彬旦禀报。黄彬旦盘算一下，决定把达垌山重重包围。

本来黄彬旦想立即向山上发起进攻，但想起前几次吃败仗的教训，又不知山上虚实，生怕落入共产党的伏击圈套。于是，他只好命令各营连集中火力，向山上开炮轰击，随后又狂呼大叫：“冲啊！杀啊！”但是，山上的人枪还在晃动。黄彬旦被气得咆哮起来：“继续开枪开炮，没有我的命令，不得停火。”这时的枪声、炮声，更是一阵紧过一阵。

他们坚持打了好一阵后，山上的“起义军”被轰着的倒了，没被轰着的照样站在那里岿然不动。这时，黄彬旦才开始产生怀疑，他一边指挥继续打枪开炮，一边派出侦探上山查虚实。这时才发现山上全是禾秆假人、竹木假枪。黄彬旦知悉后，呆若木鸡，久久才说出：“我又上罗克明当了。”

/ 延展阅读 ……

怀乡起义

“四一二”反革命政变后，信宜县内许多农会被国民党反动派强迫解散。罗克明设法保存怀乡地区的农会而转入秘密活动。同年5月，中共信宜县委成立，罗克明任书记，朱也赤、陈业之任委员，下辖怀乡、东镇2个区委、13个乡党支部、2个直属党小组，党员发展到

210多名，共青团员700多名。10月以后，信宜县委按照上级党委指示，派陈文炎、张树年代表信宜党组织参加广州起义，同时加紧准备怀乡起义，成立信宜县国民革命军。

1927年12月15日晚上，起义指挥部调集农军200多人，由陈业之负责；先锋队25人，清一色短枪，由朱也赤负责。起义军利用夜色掩护，包围了怀乡圩、二区区署、七区团练局，俘获国民党区长周植盛，并在区署大门上挂起“怀乡区苏维埃政府”红色横额，在粤西地区第一次建立起中国共产党领导下的人民政权。

1928年秋，国民党反动派请调正规军三个营来到达垌，形势恶化。罗克明被迫撤离达垌，前往香港向广东省委汇报情况，其他起义人员化整为零，分散隐蔽活动，轰轰烈烈的怀乡起义就此结束。

（供稿单位：茂名市委党史研究室）

狱中绝命书

1923年底至1924年初，在共产党人的发动和组织下，佛山的工人运动逐步兴起。张云峰家离佛山仅十公里左右，深受佛山工人运动的影响。他到佛山姐夫开设的一间猪肉店当工人，首次接触工人运动，他便受到巨大鼓舞，感到天地更加广阔了，于是积极参加工会组织的各种活动，很快成为一个活跃分子。后来，得到共产党员梁复燃、王寒烬、梁桂华、钱维方等的教育和影响，他的思想觉悟不断提高，不久，便加入了中国共产党。此后，张云峰更加积极地投身于工人运动。屠宰行业工会成立时，他被推举为工会书记。1925年春，佛山工人代表会正式成立，张云峰被选为执行委员，并担任秘书。后来，佛山成立了工农商学联合会，他又被选为联合会书记。从此便成了佛山工人运动的骨干分子。

当时，佛山工代会会址设在大魁堂（在祖庙东侧）。这个大魁堂，原来既是反动阶级镇压人民的议事决策的地方，又是封建势力的组织机构，为广大工农群众所痛恨。工人运动蓬勃发展起来以后，工人群众强烈反抗大魁堂的压迫。劣绅集团在工人运动的强大声势面前，不得不暂时敛迹，而且还不得不让出长期盘踞的老巢给工人作为活动场所。于是，大魁堂便成了工代会的所在地。张云峰当时曾写有“不怕风雨不怕霜，工农群众斗魁堂”等诗句，以歌颂工农斗争的胜利。

张云峰除了积极在佛山搞工人运动外，还时常抽空到南海四区、九区等地，尤其是经常回

张云峰（1900—1928），原名张铭书，广东南海松岗镇显纲村人。1924年开始积极投身于工人运动，任工农商学联合会书记。1927年被捕，1928年牺牲。

到家乡显纲村协助开展农民运动，组织农民协会。1925年，显纲村在组织农民协会时，张云峰对村中乡亲说，以后大家对我就不要称兄道弟了，应该叫“同志”，我们大家都是同志了，我们要共同为推翻反动统治而奋斗。同时，他还在村中农民协会会址对面墙上用大麻油写上“努力奋斗”四个大字，以鼓舞农民协会会员要为革命努力奋斗。后来，张云峰的家乡显纲村成为南海县农民运动的活动中心，1927年中共南海县委员会成立时，县委机关就设在显纲村。1927年4月15日，广东的国民党反动派当局发动反革命叛变，疯狂逮捕、屠杀共产党员、国民党左派和革命群众。4月16日，佛山的反动军警和反动工会的打手们首先强行占领了大魁堂工代会会址，四处捕杀革命人士。张云峰和梁新枝、陈应刚、梁敬熙等一批共产党员和工会骨干分子闻讯后即转移到近郊岗吴勤为首的农民自卫军队部。由于未明白整个事变的性质，以为仅仅是反动工会的寻衅而已，因此经商量后，他们便在 4 月18日会集工人纠察队和农民自卫军30多人准备回佛山去收复工代会。结果，在途中就遭到国民党反动军警100多人包围袭击，寡不敌众，张云峰和梁新枝、陈应刚、梁敬熙等 8 人先后被捕。

张云峰先被关押于广州南石头监狱，后转到广东高等法院监狱。在狱中，张云峰秘密联络狱中的共产党员，和敌人进行了许多斗争，不管敌人怎样审讯他，始终坚贞不屈，还写过不少诗和信给自己的战友和亲人，鼓舞他们的革命信心。据当年和张云峰同狱的一些幸存者回忆，张云峰在狱中曾写有“神州大地尽妖气，只赖工农驱阴霾”等诗句，反映了他对反动统治的痛恨，唤起工农革命的决心。此外，他还曾以“溷花”为笔名，写有《北窗远眺》和《解嘲》等七律——

北窗远眺

行罢西楼转北楼，倚窗凭眺望江头。
可怜弱柳随风舞，时见飘萍逐水流。
汽笛呜呜来巨舶，沧波滚滚簸扁舟。
看来最是禽鱼乐，海阔天空任遨游。

解嘲

铁窗居士被嫌疑，狱里无聊学作诗。
兴到涂鸦忘押韵，才非倚马可成词。
不知藏拙邀人看，贻笑方家说我痴。
我亦自知痴得妙，胜渠终日只愁思。

从张云峰在狱中写的这两首诗，可以看到他是多么渴望自由！但为了千千万万人的自由，他自己却甘愿忍受失去自由的痛苦。作为“铁窗居士”的他，不是像有些人那样“终日只愁思”，而是始终保持着高昂的革命斗志和革命乐观主义的英雄气概。张云峰牺牲前还曾把自己在狱中写的一本诗集交给同狱的难友梁新枝保存，可惜梁新枝带出狱后在抗战期间遗失了。

张云峰于1928年10月6日在广州东较场壮烈牺牲，时年仅28岁。在就义前两小时，张云峰写了一封绝命书给他的母亲和被捕前约四十天才结婚的爱人叶浣娥。绝命书原文是：

> 母亲、浣娥，还有二点钟，我就要受死刑了，我是笑的死，不是哭的死，请不用悲伤，当我成了佛。只觉得对你们不住，未报天高地厚之恩，所以为憾矣。苦命的母亲，请浣娥扶持扶持，好了，永诀了，来生再见罢。云峰绝笔。

从绝命书中可以看出，张云峰即使还有两小时就要受死刑了，仍然心不惊，手不震。正如他所写的，他是笑的死，不是哭的死。张云峰这种蔑视死亡的笑，充分表现了一个共产党员视死如归的壮烈气概。

/ 延展阅读 ……

大魁堂

佛山大魁堂在祖庙东侧，门口与祖庙建筑连为一体，现存建于明代的一座二层四角八柱重檐斗拱结构的文魁阁。清初以前，佛山不设官署，地方事务均由豪绅富户组成的统治集团治理。最初治理机构是祖庙，清代设于祖庙旁的大魁堂内。这些机构包揽了除刑法、监狱以外的一切地方大小事务，是集政权、族权、神权于体的机构。清末，大魁堂是佛山镇公所设立的一个专门管理租项收支事宜的机构，议决乡事是大魁堂最重要的功能。20世纪20年代，大魁堂被劣绅集团所控制。1925年春，佛山工联会在大魁堂召开全市工人大会，选举钱维方等11人为佛山工人代表大会委员，成立佛山工代会，大魁堂被设为工代会会址。1926年12月，中共佛山支部在大魁堂成立。

（供稿单位：佛山市委宣传部）

送信小英雄

1926年，竹林村在卢笃茂、杨日耀的领导下，组织了农民协会，创建了党支部，并成立了赤卫队。同时杨日耀主持创建了竹林儿童团，安排洪圆鹭任团长。竹林儿童团建立后，组织全村革命群众，建立了农村革命运动的红色根据地。

1927年，一个春日，榕江大地细雨霏霏，寒气逼人。在竹林村党支部，洪圆鹭收到一叠党的文件，他将要文件送交揭阳城内地下党组织所在地。小圆鹭接收任务后，便马上回家作准备。这一时期，白色恐怖已经遍布揭阳城乡，到处都有国民党反动派的密探，怎么完成任务？

洪圆鹭把文件捆在腰间，然后穿一件旧衣，外面套上件破棉衣，长裤是有很多补丁的，手提一只旧竹篮，里面放了一个旧碗，脸上也露出忧愁的样子，化装成了一个叫花子。

洪圆鹭经过几个村庄，顺利得很，没有发生被盘查的情况。一转眼，便到了上城必经的仙窖渡口。洪圆鹭机灵地观察渡口的动静。这时，他发现渡口情况异常，行人过渡，怎么跟往日不同，要排队下船呢？仔细看来，原来有几个穿着便衣的人，站在下渡船处，对过往行人进行搜查。洪圆鹭想到腰间的文件，要过渡，就得被搜查，怎么办呢？恰好这时，有个密探走到队伍的后面。洪圆鹭便拿着碗向他伸手讨钱：“先生，给个钱吧！”那密探骂道：“小杂种，讨钱也不长个眼，滚开！”

洪圆鹭（1914—1930），出生于广东揭阳官溪都竹林村。父亲洪林基，是忠厚老实的庄稼汉。母亲李月娥，一个勤劳善良的农家妇女。一个哥哥，随父种地。两个姐姐，在家做针线、抽纱活。1925年，中共揭阳县特别支部卢笃茂同志经常到竹林村宣传革命活动，向群众宣讲革命道理，参加革命的意识在洪圆鹭幼小的心里萌芽。1926年，竹林村在卢笃茂、杨日耀的领导下，创建了竹林儿童团，洪圆鹭任团长。洪圆鹭带头向群众开展革命宣传，在村中贴革命标语，到外地散发革命传单。1930年洪圆鹭光荣牺牲，年仅十六岁。

洪圆鹭顺势走到后面去。他想：在这里过渡是没希望。

他沿着河边慢慢走着，心想：如果身上的文件未能及时送到城里去，会贻误革命行动的。这时，传来几声鸭叫，他抬眼望去，一群鸭子游在江上。他突然想起，何不像鸭子一样泅过江？但身上带有文件，弄湿了就坏了大事。这时他发现江岸上有一段很大的干竹筒。他拿出身上带的小刀，劈开干竹筒，解下腰间的文件，用线捆绑好，外面糊上泥巴。这样，他便不顾一切地走下江去。

这时，正当榕江水退。游过仙窖渡东边的西门洲，非常省力。过了洲，再游一段便到西门吊桥头。洪圆鹭冒着严寒，在冰冷刺骨的榕江中泅渡过江，准时地将文件送给揭阳地下党组织，出色地完成任务。

1929年，竹林红色革命根据地在卢笃茂、杨老撞等的领导下，重新建立揭阳一区党支部、赤卫队和农民协会。这期间，竹林、鲤鱼头二村的红色政权和国民党反动派的斗争也更加激烈了，经常有国民党军队和地方反动地主武装围剿、捕杀革命党人。

一天傍晚，洪圆鹭到外地送信，完成任务后回村。在往普宁的大路口，就碰到几个反动武装人员。情况危急，当洪圆鹭假装若无其事地从他们身边走过时，其中一个武装人员认出洪圆鹭，大声喊："他就是竹林赤卫队的洪圆鹭。"

洪圆鹭撒腿便跑。敌人在后面紧追，有人边跑边放枪助威。但是，这些人都是地主雇来的，他们的枪法太差劲了。洪圆鹭跑到小山边，眼见是岔路口，一边又有一个守青用的稻草屋，便闯了进去。这时，他掏出了带在身上的驳壳枪，把走在前头的那个家伙打倒了。

后面几个人马上停了一下。有的怕死，有的喊追，最后还是追了上来。但是，洪圆鹭已经转过草屋，安全回到竹林村，向党组织报告了村口有敌人封锁的情况。

艰苦的革命斗争，把洪圆鹭磨炼得更加勇敢和坚强了。1930年，洪圆鹭光荣地加入了中国共产党。同年夏天的一个早晨，洪圆鹭吃过早饭，便带着卢笃茂交给的信件，送往鲤鱼头村（群光）党支部。一路上，迎着夏日的晨曦，听着树上小鸟的鸣叫声，他高高兴兴地走着。

到了鲤鱼头村，他机智地站在榕树下观察。这时，他心里觉得这里有些异样。要是往日，下地干活的，挑水洗衣的，人们进进出出，今天怎么静悄悄的。当他正想往回走时，后面马上闯来好几个地主武装的人员。其中一人洪圆鹭认识，他叫林李兴。他原来参加竹林赤卫队，被国民党兵抓走后，叛变投敌。林李兴指着洪圆鹭，对他的同伙说："他就是共产党员，又是揭阳一区的共青团负责人，是个重要人物。”

洪圆鹭被迅速押送到揭阳县城，关进监狱。

在狱中，敌人妄图从洪圆鹭口中获取地下党和农民协会、赤卫队组织的活动地点情况，这样，便可实现他们剿灭革命力量的阴谋。但是，洪圆鹭严守党的机密，尽管敌人软硬兼施，却没能从他口中得到只言片语。

敌人恼羞成怒，对洪圆鹭严刑逼供。他们先用“坐老虎凳”，再用“飞机吊”，但洪圆鹭仍然只字不说；敌人用皮鞭抽打，得到的却是洪圆鹭的一阵痛骂。敌人没法，只能使用更残酷的手段折磨，洪圆鹭终于昏了过去……

一连过了几天，洪圆鹭被敌人摧残得遍体鳞伤，但敌人没有得到任何需要的信息，最后决定将洪圆鹭杀害。

行刑的那天早上，敌人如临大敌，五步一岗，十步一哨。几十个国民党兵荷枪实弹，押着洪圆鹭到县城外郊区的一个荒坡上。洪圆鹭横眉冷对，毫不畏惧。

这时，一个当官模样的国民党军人，走到洪圆鹭面前，皮笑肉不笑地嘲讽说：“真可惜呀，你这样小小年纪，片刻就要见阎王爷了。可怜啊！”洪圆鹭立即回击：“我要是见到阎罗王，一定对他说，让我的鬼魂再回来两三天，把你们这些丧尽天良、十恶不赦的反动派斩尽杀绝，我才解恨！”对方大声说："你死到临头，还敢嘴硬，你帮共产党闹革命，这是罪有应得。"

洪圆鹭睁大眼睛，仿佛要喷出一团火焰，气愤地说："我们共产党人，光明磊落，为人民而生，为人民而死。你们这帮坏蛋，刮尽民膏，吸尽人血，干尽坏事……"

对方气急败坏，对刽子手挥手说："快行刑，不要让他再说了！"刽子手惶恐地端起枪，但子弹哑火了。他慌忙再打一枪，依然哑了火。

这时，周围观看的群众议论纷纷。敌人为了给自己壮胆助威，两个彪形大汉急上前，对洪圆鹭拳打脚踢，把他强行按跪在地。枪虽然响了，但却只击中洪圆鹭的大腿。两个长得像魔鬼一样的刽子手，只得走上前去，把枪口对准洪圆鹭的后背，我们的小英雄洪圆鹭，为了党和人民，献出了年仅16岁的生命。

延展阅读……

竹林村革命根据地

1925年，在国内革命热潮的影响下，普宁洪阳新铺村人、中共党员卢笃茂和竹林村人杨日耀到竹林村等地宣传、发动和组织农民革命运动，在中国共产党的领导下，建立了党支部，成立和组建了竹林农会、赤卫队、儿童团、妇女解放协会等，备受地方豪绅官僚压迫的村民纷纷报名参加，并自制武器武装队伍，打击土豪劣绅。1926年冬，竹林村的农民武装曾进城示威，抗议国民党右派势力绑架汕头工运领导人杨石魂。1927年9月底，南昌起义军进入揭阳，竹林赤卫队为南昌起义军办公驻地站岗放哨，且为其撤退充当向导，卢笃茂、杨日耀等同志受到周恩来接见。1927年12月及翌年1月，竹林赤卫队两次粉碎了国民党反动武装及地主武装的“围剿”。1928年2月22日，国民党地方政权集合了潮阳、普宁、揭阳三县反动武装2000多人“围剿”竹林村，敌军在村里烧毁民房，被烧房屋288间，祠堂2座，82%的村民被迫逃离，全村几成废墟，至1929年村民才逐渐归乡。在1928年至1933年期间，竹林村革命组织受到反动武装“围剿”和叛徒的出卖，杨日耀、洪圆鹭、杨张和、杨秋叶、杨老撞等革命志士先后英勇牺牲。1957年经省政府批准，竹林村被列为“红色根据地”，追认杨日耀、洪圆鹭、杨张和、杨秋叶、杨老撞5人为烈士。

（供稿单位：揭阳市榕城区梅云街道办事处）

红军“阿姆”

1932年冬，党在秋溪区西坑成立了中国工农红军东江独立师第二团第三连，并进行扩军。李梨英的三儿子林松才积极参加红军，她便默默地收拾好一个包袱，第二天一早将林松才送到大坑村的红军营地，成了大坑村第一个送子参军的母亲。当时红军编印的《红潮报》上，曾用红色大字编发了《革命母亲送儿当红军》的报道，这是李梨英第一次以“革命母亲”的称号出现在革命大家庭之中。此时，李梨英一家7口有4人参加革命，成了名副其实的革命之家。

正是在这个革命大家庭中，李梨英从一个年近半百的普通农村妇女，一天天变得坚强、勇敢起来，她不惧白色恐怖，不怕艰难险阻地参加革命活动——探敌情、送情报、救治伤病

李梨英（1888—1961），广东潮安西坑人。1933年加入中国共产党。1933年，大女婿、大儿子和三儿子因从事中共地下活动先后身亡，大女儿被捕入狱。1935年夏，把小女儿寄托给一位远亲，带着12岁的小儿子到闽南乌山红军闽粤边区独立营伤兵站，悉心看护伤员。1938年春，调中共漳州中心县委（后改闽南特委）。1943年后担任方方等领导人的交通员。1945—1949年，以“户主”身份在汕头市的中共潮汕特委（后改潮汕地委）机关做掩护工作。中华人民共和国成立后，任政协汕头市委员会第一至第三届副主席、广东省民主妇女联合会执委等职。

员……只要是党交给她的任务，她就拼尽全力去完成。1933年春天，在南方革命形势日趋恶化的情况下，李梨英义无反顾地加入中国共产党。同年，大女婿刘金城在潮州城英勇就义，大女儿林松花被捕入狱，外孙儿流离失散，大儿子林松泉和三儿子林松才也在保卫根据地的战斗中相继牺牲了……李梨英一生从未见过这么多的血！亲人的血，同志们的血！她咬牙把悲痛化为仇恨，把仇恨化为力量。当党组织打算劝李梨英同其他军烈属一起暂避南洋，免遭反动派毒手时，李梨英一口回绝了。她说：“我要走革命路，绝不走南洋路！我参加革命不是来享福的，就是死，也要死在革命队伍里。”

1935年夏，李梨英毅然把14

岁的小女儿美花托付给远亲，把省吃俭用存下来的20多块光洋作为党费交给留在村里坚持革命斗争的党组织，后带着12岁的小儿子松森跟着队伍上了凤凰山、乌山。

在乌山伤兵站里，李梨英为火线上下来的伤病战士建起了一个家。没有药品，她到深山丛林采集草药给战士治病疗伤；战士的衣服脏了，她蹲在冰冷的山涧旁给战士洗血衣。哪怕再苦再难，李梨英的嘴角边总是挂着一缕慈祥的笑容，在她的精心护理下，一批批伤病战士康复后重回前线，她成了战士们心中永远的“阿姆”。

1941年6月，李梨英调到中共南方工作委员会（即南委），为设在大埔百侯镇的南委直属电台做掩护工作。按党组织的安排，在电台工作的同志成立了临时“家庭”，李梨英是这个“家庭”的母亲。由于叛徒出卖，南委机关遭敌人破坏，一些领导同志牺牲了，在这紧急关头，李梨英沉着、机智地处理好党的机密工作，带着电台和其他同志冲破敌人的重重包围，安全转移，保住了党的机密。在这之后，李梨英又继续负责掩护南委书记方方等领导同志撤离，在枪林弹雨中，在白色恐怖里，在党的组织最危急的关键时刻，李梨英往往是党最可靠的传送情报和文件的人。她以60岁高龄一天跑八九十里路，渡海过江，翻山越岭，从游击区到国统区再到沦陷区，一次次出色地完成党交给她的任务。

李梨英多次为党的秘密机关这个“家”做母亲，掩护从事地下对敌斗争的革命同志。“家”的成员随着斗争的发展而不断变化着，但李梨英作为这个“家”的母亲却始终没变。在国民党统治区工作的10年中，她转移过许多地方，但不论到哪，她总是很快就以自己的善良、勤劳、机智和勇敢赢得周围群众的尊敬与信任，成功地避开反动派的注意，从而妥善地掩护住党的领导机关。

延展阅读

英雄母亲

1951年国庆节，是李梨英一生最难忘的日子。作为南方革命根据地代表团的成员，她到北京参加国庆观礼，受到了毛泽东主席、周恩来总理的接见和宴请。在宴会上，李梨英同彭湃的母亲一起，代表南方革命根据地的全体同志，向毛主席、周总理敬酒，表达了南方革命根据地人民对领袖的敬意，对社会主义的向往。

1961年6月24日，李梨英在北京病逝。临终前，她把自己的1800元积蓄作为最后一次党费，献给了引领她走完光荣一生的党！方方曾为李梨英写过一副挽联：“十年游击战，十年地下工，匪特、汉奸、日寇，哪在你眼里，堪称智勇；为党献一生，为国献三子，挫折、伤亡、失败，信心永不摇，无愧忠贞。”这副对联，是对李梨英一生的总结。

一门八忠烈

抗日战争时期，活跃在广东省惠（阳）、东（莞）、宝（安）抗日前线的曾生、王作尧部队，传颂着“革命母亲”李淑桓的动人事迹。为了抗击日本侵略者，她先后送七个子女奔赴抗战前线，自己也献出了宝贵的生命。

李淑桓生于1894年，自幼勤奋读书，求知欲强，年轻时接受了民主思想的熏陶。丈夫郭福荣是个店员。婚后，李淑桓育有六子一女。1937年，全面抗战爆发，长子显承（后改名郭宪成）与她商量，要去陕北公学，投身到抗日救国的前线。李淑桓欣然答应，并写信给澳门的丈夫征询意见。不久，三子显绪（后改名郭林）也参加了东江抗日游击队。

女儿郭云翔（原名郭锦霞）在显承北上后，积极参加当时香港惠阳青年会等抗日救亡团体的活动，很快接受了进步思想。不久，也向母亲提出上前线救护伤员的请求。李淑桓开始舍不得女儿离开，但当她经常去惠阳青年会打听长子显承的情况，不断受到进步会员的启发教育。过了不久，她就对女儿说："前方将士为国为民，战士受了伤，很需要人照顾，我想通了，今后如有机会到前方去，你就去吧，我再也不阻拦了。"1938年10月中旬，惠阳青年会筹备组织第三批回乡救亡工作团，李淑桓毫不犹豫地为女儿报了名。当时离出发日期很近，李淑桓匆匆忙忙为女儿收拾行装，高兴地把女儿送上征途。

在儿女们参加抗战后，李淑桓的生活也起了很大的变化。她经常奔走于各进步社团之间。她和三子显绪是宝安青年舍的

李淑桓（1894—1941），原名壶娴（人称"郭太"），广东鹤山古劳维墪乡人。曾在广州、香港开设女子私塾。1937年全面抗战爆发后，先后送7个子女参加八路军或东江抗日游击队。1941年春到东莞大岭山参加抗日游击队，以教书为掩护做秘密交通情报工作。同年9月被捕遇害。在抗日战争中，李淑桓一家有4人光荣牺牲，其英雄事迹传遍东江地区。她崇高的革命气节和伟大的母亲胸怀，对抗日根据地的军民影响极大，被誉为"东江游击队之母"。

执行委员之一，还热心从事力所能及的抗日救亡工作，如做棉衣、义卖筹款、献金和募捐等。大家都尊敬地称她为“郭太”。1938年12月，惠宝人民抗日游击队成立，李淑桓又把第六个儿子显怡（后改名郭际）送到了部队。

有人对她说：“你把儿女都送上前线，将来老了怎么办？”李淑桓立即回答：“没有国就没有家，我还有几个儿子，抗战需要的话，我把他们都送去。”1939年5月间，刚好有一批华侨青年回国参加曾生部队，香港团体募捐一批物资随他们去慰问子弟兵。党组织动员李淑桓随慰问团回东江探望在部队的儿女。李淑桓毅然决定把双胞胎的四子显和及五子显乐带上前线，参加抗日部队。

在惠阳坪山部队召开的群众大会上，部队首长把李淑桓请到台上，号召群众向革命老妈妈学习。李淑桓则把云翔、显和、显乐和显怡叫到跟前，嘱咐他们不要想家，要服从命令听指挥，坚决抗日。南洋侨领官文森、黄伯才曾带家庭电影机，拍摄了李淑桓骑在小红马上的几个镜头，1940年在香港大华电影院放映，在港九同胞中引起很大的反响。

1940年3月，五子显乐在掩护部队突围的战斗中光荣牺牲。1941年初，李淑桓的丈夫因患肾炎病逝。李淑桓强忍接连丧子丧夫之痛，春节过后，带着小儿子显隆（后改名厚智）离开九龙，到了东莞大岭山抗日根据地。她被安排在那里教书作掩护。李淑桓坚定地说：“我年纪虽大，但不能当‘蛀米大虫’，我要干些青年人所做的事情。”七子显隆也参加了部队，成为东莞敌后交通站的交通员。

不久，国民党反动派纠集了一两千人向大岭山抗日根据地进攻，李淑桓正在一个小村子教书。因为事发突然，未及撤退，她便跟着老百姓跑到山上隐蔽。黄昏时她回村子察看动静，被埋伏的敌人抓获。敌人把她押到祠堂门口，刑讯逼供，骂她是“游击婆”。李淑桓见敌人已经知道她是谁，就义愤填膺地说：“你们要杀就杀。我一个老太婆死了，还有我的儿子，还有许许多多的爱国抗日志士，你们杀不绝，他们一定会替我报仇！”李淑桓最终遇害，牺牲时47岁。

李淑桓为革命不惜献出生命的高尚品德，也激励着她的儿女们在革命征途上勇往直前。这一年，四子显和因负重伤被抓，在狱中面对严刑拷打，像母亲一样屹然挺立，后被解往韶关，途中伤重牺牲。六子郭际后来写了一首诗悼念他的母亲：

昔年砚下栽桃李，爱国送儿上战场。
华发投笔从军去，艰苦奋斗打东洋。
逆流冲击大岭山，顽固派军队魔爪伸大圹。
横眉怒斥卖国贼，慷慨就义壮歌扬。

/ 延展阅读 ……

惠阳青年会

20世纪30年代，惠阳旅港的一些青年经常聚会畅谈国事，后来在香港惠阳商会成立青年部，宣传抗日。1937年，青年部被商会取消，在中共海委的指示下，原青年部骨干决定成立香港惠阳青年会。1937年4月，香港惠阳青年会正式成立。不再受制于商会的惠青积极开展各项抗日救亡运动，会员由刚成立时的四五百人猛增至1939年的五千余人。七七事变后，惠青先后组织了3批回乡救亡工作团，开展抗日宣传和组织工作，动员广大人民参加抗日游击队。20世纪40年代由于形势变动，惠青在香港的活动转为灵活分散，部分骨干回国参加抗日游击队。

（供稿单位：东莞市委党史研究室）

鬼门关前走几遭

1941年，国民党顽固派发动第二次反共高潮。八九月份的时候，国民党开始向游击区发起扫荡，当时局势很紧张，东江纵队所在的地方都布置了卫兵。一天晚上，部队的人弄来了一些粮食，用箩装着。祁兴小队长说："今天晚上我们拿到了粮食，哪位同志能担粮食的？"年仅16岁的袁康挺身出来说："我能担，担几十斤都没问题。"后来部队去了黄旗山附近，刚到那就听到一阵枪响。袁康作为一个新战士，连这时候部队怎样撤退出去的都不知道，就跟着炊事班往南边的一个山坡里隐蔽。敌人放了好几次炮，袁康不幸负伤，两条腿都受了伤无法走动，晕了过去。另外一个同志也负了重伤，躺在袁康旁边，后来，敌人搜山的时候发现了受伤的他们，看到袁康还活

袁康（1925—？），广东东莞人。1941年8月参加广东人民抗日游击队，1942年加入中国共产党。历任东江纵队飞马队中队长，猛豹大队副大队长、大队长。解放战争时期参加过豫东、济南、淮海战役，1949年8月任两广纵队第五团参谋长。新中国成立后历任第三十九军司令部作战训练处长、沈阳军区参谋训练大队大队长、旅大警备区司令部作战训练处长、沈阳军区守备一师师长、旅大警备司令部参谋长。1961年被授予上校军衔。

着，本来想给他补一枪的，正巧日军打了几炮过来，他们吓得赶紧跑了。所幸日军并没有来扫荡。因为负伤走不了，袁康就一直躺在山里等，等到中午的时候老百姓来了，才将他们抬了回去。

1944年5月7日晚上，梅塘战斗爆发了。袁康所在中队是第八中队，中队里有两个小队，袁康是第一小队的小队长，小队大约30多人，有机关枪；第二小队的小队长叫苏一民，也是30多人。整个中队在梅塘进行军事训练和政治训练，住在龙见田对面的一间祠堂和一间庙宇里头。

次日早上，袁康带着部队在跑步。天刚蒙蒙亮的时候突然听到枪响，但那时候听到枪响不觉得奇怪，刚开始袁康并没有引起注意。就在大家跑步的时候，大队长邬强跑了过来，说：“东边发现情况，是伪军还是谁不知道。你们中队马上占领马山。”马山是大队指挥部驻地后面的山，离驻地有两三百米左右。他命令中队占领马山，掩护指挥部撤退。当时日军知道指挥部在马山，但他们不知道驻扎部队里都有什么人。中队长和政委命令袁康的小队占领马山前面的小山，他们带第二小队前往马山。

袁康马上全副武装，带着炮火团往山上跑。刚跑上去，还没来得及喘口气，日军就上来了。部队当即散开，立马投入战斗。山头就是地利，袁康的小队牢牢地占据了山头。从山上往下打有优势，因为下面往上打的时候子弹是往上飞的，比较难打中人，所以日军第一次冲锋没有成功。山上有很多树，还有两个大石头，石头中间有一条缝，袁康就趴在两个石头中间，对准敌人，来一个打一个。后来日军发现很难把山头攻下来，就开始用炮击。他们打了几十发的炮弹，将山上炸遍了，袁康小队的大部分同志都伤亡了。当时袁康接到命令说不能撤退，要死守。打到中午11点多，日军已经连续冲锋四次，每次冲锋都被打下去，后来日军有个班就转到袁康左后方的一个碉楼上，用重机枪扫射，将一个副班长的腰都打断了。

最后大部队派人来支援，要袁康撤退，派了几次人来都是半路就负伤了。但是袁康小队这时候已经没什么人可以撤退了，才剩下几个人。接到命令袁康小队就开始撤退。那时候袁康也负伤了，被打中了脚趾，走得很艰难，后来走到一棵树旁边，从那里跳到一条山沟里，那些树丫将他刮伤了。后来听到枪声少了，由于极度疲惫，很快就靠在树沟旁边睡着了，直到晚上部队清理战场时，才将袁康抬出来。袁康询问小队的情况，才得知只有六个人活了下来，其余都已经牺牲了。

/ 延展阅读 ……

梅塘战斗

1944年5月7日，驻樟木头的日军加藤大队出动500余人，偷袭驻梅塘乡龙见田村的东江纵队领导机关和第三大队。当时，东江纵队第三、第五大队和东莞大队，集结在梅塘地区整训。5月8日拂晓，日军先头部队进至龙见田村的左侧，企图占领附近高地马山，偷袭驻村里的第三大队。纵队领导当即命令正在出早操的第三大队独立中队从西面抢占马山，掩护临时指挥部转移。与此同时，梅塘地区的党组织发动民兵配合部队作战。马山是控制龙见田村的制高点，马山阵地的得失，是决定整个战斗胜负的重要一环。当天上午7时许，日军在炮火的掩护下，分三路向马山头进攻。独立中队第一小队严阵以待，连续打退日军4次冲锋，保证了纵队领导机关的安全转移。下午1时许，日军企图撤退。东江纵队指挥员布置部队形成半月形包围，把敌人围困在马山北侧。日军多次冲锋，企图抢占制高点，但在火力压制下进退不得。战斗持续到黄昏，最后日军由汉奸引路，抄山边小路撤走。梅塘之战，日军伤亡近百人，撤回樟木头后士气低落，大队长加藤以下官兵10多人剖腹自杀身亡。东江纵队也伤亡较大，第三大队独立中队伤亡30多人，第一小队指战员大部分牺牲。

梅塘战斗是在日军几乎偷袭成功的危险情况下，由于东江纵队领导机关指挥果断，指战员前赴后继、英勇作战，民兵和群众的大力支援，使战斗由被动防御转为主动进攻的胜利战斗，是东江纵队重创日军的一次胜仗。

（供稿单位：广东东江纵队纪念馆）

送信智斗敌

1943年末，龙岗低山的战斗打响了，部队打了一天的仗，早上打，下午又打。国民党看部队打了那么多场仗，人疲劳了，弹药消耗了，就利用这种情况又喊又追。低山有条河，河水比较深，而且河边国民党的工事建得很坚固。部队打的时候不敢冒大险，轻机射手在战斗中被国民党打伤了。那时候只有易焕兰和李玉珍两个卫生员，见到轻机射手受伤了，易焕兰就马上包扎，轻机枪由李玉珍托着，前面要过河，李玉珍托着机枪就过了。战士们见到一个女卫生员这么勇敢，他们就更加勇敢了，过河的时候，很多不会游泳的战士不知从哪里来的力量，都跟着过了河，而且把敌人消灭了。当晚，部队快要打通这个点的时候，敌人却从其他的地下道逃走了。当时一个小队刚好碰上敌人的一个班，在战斗过程中小队有几个战士受伤了，一个是李强同志，他的一个肩膀已经断了，当时没办法帮他敷药，也没办法包扎。一个是黄秀同志，他是腹部受伤。还有李观喜同志，他是脚断了。当时卫生员只有一个担架，断手的李强同志被固定了以后，就一路用手托着走。断脚的同志就不行，他完全不能动，所以担架只能抬着他。黄秀同志是既无担架也固定不了，易焕兰就只能背他上山。背着他的时候，就好像她的背在流血一样，血一直流下来，一路流，滴到地上。附近的村民看到这样的情况，又见到敌人在追，怕他们被敌人抓住，就用一些泥沙来盖住血迹。所幸晚上7点多天已经黑了，敌人就无法跟上

易焕兰（1912—？），广东鹤山人。1938年随香港慰问团回到惠阳曾生部，先后在军需厂、政工队、医务所工作。任卫生员期间曾被誉为模范医务工作者。1946年随东纵北撤山东，担任纵队司令部卫生所所长一职。亲历淮海、海丰等战役，1949年随两广纵队南下解放广东。新中国成立后转业到佛山卫生局先后任副局长、局长等职务。

血迹了。敌人喝住村民，问他们有没有见到游击队，有几个游击队员经过。有一个人很勇敢，他说不知道是游击队还是什么人、有几个人从这边过去了。他指了不同的方向给敌人，因而敌人就没有跟上去。在关键时候，有村民带着他们到了山上的一个炭窑。炭窑里面什么都没有，只是一个烧炭的地方，他们就在那里将伤员放下。半夜的时候，易焕兰出去拍村民的门。她在村民家里烧了些开水，因为伤员出血那么多，没有水喝不行。村民就一桶一桶地煮了开水和盐水，盐水是用来冲洗伤口的，此外喝盐水可以补充伤员的水分。这时候伤员都在叫，疼得不行，怎么办呢？没有止痛药，什么也没有，只有一些碘酒和红药水，也不是很多，一个人分不了多少。在这种情况下，村民就帮忙联络部队，还煮了些食物给伤员吃。就这样，易焕兰一步步跟着部队直到北撤。

在惠阳上下洞，那里都是说客家话，易焕兰听不明白。当时她刚从香港回来，组织要在坪山设立一个情报站，主要是做单线联系，易焕兰做上洞，还有一个何秀光同志做下洞，她们两人相互联系。当时上洞村有一个李伯死了老婆，一个刚从香港回来的老婆婆就和他结婚了，易焕兰通过认她做干妈的方式，说她们是在香港认识的，一起逃难到这里，靠这样来掩护她的身份，开展工作。当时易焕兰的工作是送信。那里的路不是山路就是海，一边是国民党军队，另一边是日本鬼子和伪军。在海上有很多伪军，岸上有国民党还有土匪。送信的时候一般都是非常晚了，还不能直接走大路，要走弯路。山上的路都看不见了，要用手将草拨开一步一步地走，而且不能打枪，要用小棍子去拔草驱赶蛇。有一次易焕兰从坪山带信回红花岭，本来很快就到部队了，但是不知道国民党在赤澳对面入口设了卡。下山的时候就她一个人，没有其他人走这条路，所以四个敌人拦住她问："你是不是红军婆？"她回答："什么是红军婆？我不认识啊，我是香港的水客。我的货还放在坪山，我是不够钱回去拿钱的，先将货放到了那里，我现在回香港去凑齐钱后再去取。钱我也不是很多了，乘车的钱都不够，我就想先乘船回香港，再回来拿货。"但是四个国民党兵不相信，他们说："如果你不是红军婆，怎么敢走这样的路呢？"易焕兰就说："我是从香港来的，在香港九龙冰室四楼住，不信你们可以去查。"当时她身上还有4元港币和一盒万金油，都被他们拿走了。她说："你们拿了我的钱，我怎么乘船回去呢？"但是他们还是不相信，然后就开始打她，前面两支枪后面两支枪一齐敲打，打到全身都肿了，但她还没有昏迷，还是能反驳他们，说她是香港人，怎么能这么对待老百姓！他们问："你刚才丢什么了？"之前他们追她的时候，易焕兰就赶紧将信撕烂了扔到水里，可能被他们发现了，猜想她应该是在丢东西。易焕兰就说是走得快，手晃得厉害而已。他们用布带剪成四条，绑了易焕兰的手脚，然后将她扔到了水里。她被扔进水里几个小时，一直到李伯找到她并将情况报告给下洞联络员何秀光同志。老百姓用一块木板将她抬回李伯家里，然后就叫了个当地的民间医生用一些中草药来治。后来，那四个敌人都被抓来枪毙了，部队也派人来接她回去治疗。

/延展阅读……

易焕兰的革命启蒙

易焕兰10多岁的时候因为家里穷，所以很早就去了香港打工。在工厂的时候，工头蔡国梁同志是地下党，他启发工人，问他们一天赚多少钱，公家又收入了多少钱，资本家是如何剥削工人的。另外，他安排工人每天休息一个小时，让一些识字的人去教那些不识字的人，中午的时候就练枪。不是真正的练枪，而是用模具枪代替真枪，在上面画个圈，然后练打枪的眼力。他教他们如何打好枪，锻炼身体。他觉得这些工人一天赚几毛钱，除了乘车和吃饭就没有钱了，就用这些启发工人。他说，你们要锻炼身体，一个要节约，我不坐车，我和你们一起慢跑，跑步过来上班，这样我们既锻炼了身体又节约了钱。他就用这样的办法来引导工人。他还跟工人说，日本人怎么侵略我们，人民是怎样受苦，我们大家要如何支持参加革命，支持游击队，大家要团结起来反抗日本帝国主义。他组织大伙卖花筹款捐钱给游击队，用这样的方式来教育大家。当时第一批回来的工人就有100多人参加了革命队伍，去了东莞、惠阳、宝安。1938年的时候，大伙捐了第一批钱，利用休息时间将钱送到游击队，送到了宝安坪山，因为他们意识到自己被资本家剥削，所以才会想着起来革命。

（供稿单位：广东东江纵队纪念馆）

小鬼班

黄友，原名黄丁友，是东莞凤岗镇凤德岭村人，家里有四兄弟和一个姐姐，他排行第三。祖母眼盲，长兄早夭，母亲到南洋谋生，家中仅靠父亲做牛贩挣得微薄收入维持生计。黄友读小学二年级时，父亲病故，家庭生活更加困窘，他只好辍学到本村华合腐乳店做杂工，帮助维持家庭生活。

黄友从小就向往革命，1941年冬，黄友找到黄甫仁，要求参队。刚巧组织上要黄甫仁归队，他便带黄友去参加游击队。

1944年1月21日，驻在平湖的日寇的一个小队和伪军的一个连队，突袭虾公潭不成，反被何通带领的队伍打得落花流水，遂在1944年2月15日，于平湖凤凰山上筑了个堡垒，设了军事哨，由日寇一个班把守，配有一挺机枪。何通经过几天的连续侦察摸清了敌情，决定一举歼灭这个班的敌人。战斗前的夜晚，部队在何通的带领下，悄悄上了凤凰山。由于地形关系山上兵力不好展开，何通只布置了四个班，形成交叉火力，准备突击上山的敌人，黄友班为突击班。此外还布置了一个班埋伏在凤凰山西侧的红猪岭，阻击敌人的增援。

在这场战斗中，黄友奋勇争先，带着黄友班猛扑过去，一枪就把敌人的机枪射手打倒，硬从敌人手中把机枪夺了过来。但敌人也同时开枪了，打伤了他的大腿。这一仗，拔掉了日寇藤本的“门牙”，部队在群众中的威信大大提高，参加革命的人数也越来越多，黄友也加入了中国共产党。何通中队开辟了西至横

黄友（1927—1944），广东东莞凤岗凤德岭村人，广东人民抗日游击队东江纵队独立第三中队班长。1942年参加抗日游击队，作战英勇顽强，被提升为少年班班长。1944年2月15日，加入中国共产党。1944年7月，黄友班担任阻击任务，掩护主力撤退，全班战士壮烈牺牲，当时黄友年仅17岁。

岗，东至新圩，北至惠樟路的大片地区。

驻平湖的日寇藤本被拔掉“门牙”后，又在清溪一带不断遭到我军袭击，但敌人不甘心失败，发动了“五路围攻”。在粉碎敌人的“五路围攻”后，为了向党的生日献礼，何通中队决定发动平湖战斗，把藤本的威风彻底打下去。

当时，藤本有一个大队和一个中队驻在平湖，还有一个一百多人的伪军中队住在离平湖一华里的屋围，四周围着铁丝网，配备两挺机枪。为了能不动声色地打进去，快速结束战斗，部队通过地下党组织，找到一个给伪军挑水的老乡，计划利用这个关系从厨房后门进去，先“吃掉”这个伪军中队。

7月21日晚，何通带领近两百人的队伍，从黄洞出发，到了芦竹田，碰上了大雷雨和十级以上的台风，队伍前进非常困难，到达目的地时已是凌晨四点五十分了。于是何通、黄克和几个干部分析了情况，最后作出了速战速决、再利用甘蔗林掩护撤退的决定。担当第一梯队的重任又落在黄友班的身上。黄友班果然不负众望，迅速解决了伪军中队部，俘虏了八十多人，缴获八九十支枪。解决全部伪军后，部队马上撤退，黄友仍率领黄友班走在前面当尖兵。当部队走到老虎山下的沙岭时，与沿着平（湖）龙（岗）公路截击的藤本大队四百余人遭遇了。为了使部队能摆脱敌人的追击，何通命令黄友阻击敌人，掩护主力撤退。

当时，藤本指挥人马像疯狗一样地扑来，敌强我弱，处境十分危急。黄友率领黄友班机智地阻击敌人疯狂的进犯。当部队安全转移到虾公岭的安全地带时，敌人的全部火力向黄友班压过来，战斗持续了一个钟头，战友们都牺牲了，黄友也受伤了好几处，大腿也被打断了。在战争间隙，黄友抱着人枪共存亡的决心，把战友们遗下的枪一支一支地砸烂。人民的枪，怎能留给敌人！

当阵地上只剩下黄友一个人时，他从口袋里掏出了《党员须知》，把它撕烂了，又从挂包里出党的文件，埋藏在泥浆里，然后右手紧握着快掣驳壳枪，左手拿着一枚日式手榴弹趴在阵地前沿，射出一颗又一颗仇恨的子弹。当一班敌人端着枪向着黄友冲过来，距离只有约二十米时，黄友突然一跃，一轮快掣扫过去，敌人倒下五六个，其余的也不敢动了。他打完最后的一颗子弹，吃力地把自己的驳壳枪砸断，藏在泥浆里。这时，敌人又集中火力射击，一个班的敌人端着枪谨慎地冲上来，黄友用尽全身气力把最后一个手榴弹掷出去，阵地上的弹药用完了，他硬挺着受了重伤的身躯爬起来，直挺挺地站着，举起右手高呼“打倒日本帝国主义”“中国共产党万岁！”日寇冲上来了，一轮机枪扫在黄友的身上，黄友英勇地牺牲了，当时他才17岁。

1944年11月，东纵司令部把黄友等战士的事迹通报全军，称他们为“抗日英雄”，他领导的班定名为“黄友班”。同时向中央作了报告，延安复电：“追认黄友同志为广东人民游击战争战斗英雄，中国共产党的模范党员。”

/ 延展阅读 ……

誓缴枪

黄友参队后，在刚组成的廖彪队伍里当通讯员。初时，黄友见别人有枪，非常羡慕，于是跑到队部首长跟前要枪，被拒后，他便心生一计，要求去当战士。如愿被安排到班里当战士后，黄友下定决心，一定要从敌人手中缴到一支枪。

1942年4月，国民党军放出“反攻香港”的烟幕，出动部队向宝安阳台山抗日根据地发动进攻，占领了龙华、乌石岩等地，然后分路向阳台山合围。黄友第一次参加战斗，非常勇敢，不久被提升为小鬼班副班长。1942年10月，黄友所在的部队改编为宝太第三中队。

1943年底，日寇占领了广九铁路，上级命令何通带一个小队在清溪、塘沥一带开展游击战，后和宝太三中队改属东纵独立中队。从此，黄友在何通的部队里受教育、受锻炼，逐渐成长。有一次，在清溪三峰跟鬼子遭遇了，黄友和小鬼班的战友英勇突击，把日本鬼子赶入蔗林。他一马当先，冲进蔗林，与迎面扑上来的日军搏斗。在大腿被刺伤后，他不顾伤痛，猛扑过去，一枪就把鬼子打翻在地，缴了他的“三八”枪。

（供稿单位：东莞市委党史研究室）

生擒蒙老虎

1944年，飞鹰队攻打平湖。平湖有个日伪区政府，伪区长叫谢瑞华。飞鹰队短枪队长冼麟侦察完情况后，和地方党组织的同志商量，问他们能否进去区府里面，因为那边区府好像没人看守。但当时考虑到危险性较大，故按兵不动。后来地方党组织的刘荣华发现区府那边请挑水工，每天都会叫人去帮忙挑水，建议冼麟充当挑水工混进去。随后冼麟找到一个帮他们挑过水的当地人，他说："进去以后你别出声就可以了，问起话我就说是我的儿子。"冼麟进去后就暗中观察哪个房住什么人，哪个地方有侦察，基本都弄清楚了。第二次冼麟特地伪装了一下，挑了一担草在伪军驻所兜圈，详详细细地侦察情况。

待到攻打伪区府的那天，飞鹰队用炸药炸开了大门，冼麟随即冲往伪区长的房间，一脚踢开房门。当时伪区长和他老婆在里面，正想去拔枪，冼麟用枪对着他说："敢动我就杀了你！"他只好作罢。冼麟将他从被子里拉了出来，他对外面说："别打了，都被拿下了还打什么。"他叫了几声，枪声就停了。后来共俘虏了30多人，其中还有日本人。原来伪区长曾是国民党的飞行员，部队让他写信让伪警察投降、起义，他答应了。

伪警察中队长叫蒙德普。伪区府有个翻译，于是部队准备找这个翻译帮忙送信。冼麟来到翻译的住所，一进门就喊道："老大爷，谢瑞华有信给你。"冼麟给翻译做了很多思想工作，晓以大义，临走的时候要他送信给伪警察，他竟然不肯。冼麟用

冼麟（1922—？），广东深圳平湖镇山厦村人。1938年参加抗日游击队，后加入王作尧领导的惠东宝人民抗日游击大队。1941年加入中国共产党，曾担任东江纵队飞鹰队短枪队队长等职。1946年6月随东江纵队北撤山东，后参加了解放济南、开封、徐州等战役。1949年9月，随第四野战军南下，参加了解放江西、广东的战斗。中华人民共和国成立初期参加了抗美援朝战争，后任东海航空兵团长。1958年调任南海航空兵司令部任参谋长，先后被授予海军少校、中校军衔。

枪逼他，后来那封信他是送过去了，但是他并没有按照部队的意思转达，部队说一套他说另一套。

于是部队决定自己去送信。冼麟写了封信，还附上很多传单，用几层报纸将它包得很严实。那时候想进伪警察所一个人是绝对不行的，但是部队掌握到一些情况：一般伪军会在下午的时候到圩里买东西。冼麟就找到地方党的同志了解具体情况。到了圩里，冼麟看到有两个伪警过来，就拍他们说："老兄，蒙德普是不是在你们那里，我是他同事。"当时冼麟化装成一个职员模样，说蒙德普托他从广州买了些东西。两个伪警看到那个包就想搜身。刚开始冼麟不作声，待要打开那个包的时候冼麟就说："你别碰那东西，那是他拜托买的。"他们就不敢了，信和传单就这样送了进去。

然而不久后，蒙德普开始加强工事，将附近老百姓的甘蔗都砍光了，大肆转运木材。见劝降无用，部队决定攻打。冼麟带着部队绕到伪警察驻地后面准备实施爆破。为了弄开铁丝网，部队从老百姓那里借来很多工具，准备撬铁丝网，将铁丝网垫高以后它就不会倒了。刚开始靠近铁丝网的时候，敌人还没有发现，后来人多动静大就被哨兵发现了，大家就扔炸弹过去，然后架开铁丝网往前冲，没留神脚下还有野猪网，一脚踩下去就被缠住了。这时何通急中生智，将随身带的几张棉被铺在上面踩了过去。冼麟冲进地洞，里面的伪警察很快就出来了，有的被打死了，有的拼命逃窜，大队就冲了进去。冼麟的主要任务是捉拿蒙德普，但是里面有10多个投降的俘虏，根本就不知道哪个是蒙德普，又不能随便打。冼麟就叫了声蒙德普，看到只有一个人看了自己一眼。冼麟心想，应该是他了，就对他说："你是蒙老虎吗？"那人不敢出声，冼麟便说绑起来。然后又抓了另一个人说："你是蒙老虎？"那人赶紧说："不是，他已经被你们抓了。"于是，部队活捉了伪警察中队长。

延展阅读 ……

山厦革命历史纪念馆

山厦革命历史纪念馆位于深圳平湖山厦社区香山路34号，馆名由深圳市委原书记李灏题写，2009年12月正式开馆。

该馆由两座建筑组成，其原址为山厦严、叶祠堂，建于清代康熙年间，距今已有300多年的历史。1926年5月，在党的领导下，山厦建立了深圳地区历史上第一个中共乡级党支部。在革命年代，山厦这个

山厦革命历史纪念馆

偏远小村的农民们，接受了新思想，自发成立了农会，组建农民自卫军、模范壮丁队和妇女救国会，开展土地革命、反帝反封建和抗击日本侵略者的斗争，共有80多名热血青年参加了壮丁队、抗日游击队和东纵、边纵部队，前后有10多名烈士献出了自己的宝贵生命，其中就有山厦党支部第一任书记严凯祥、严允贤父子和第二任党支部书记严仲喜。

山厦农会的总部就设于这个老祠堂，中共山厦党支部和东纵王作尧部队也曾据此为活动点和指挥部。老祠堂由此见证了峥嵘岁月里山厦儿女开展农民运动、义无反顾加入党组织、跟随东江纵队抗击日寇的不朽传奇。

（供稿单位：广东东江纵队纪念馆）

钢铁战士夺机枪

1944年1月24日，刚好是农历大年三十晚上，老百姓都张罗着过新年了，到处响起了爆竹声。接近次日凌晨的时候，东江纵队第三大队正准备着去攻打篁村。为什么要选在这时候呢？因为那里靠近东莞莞城，在莞城有日军的一个长濑大队，怕惊动了他们，所以才选择这个时间以便混淆敌人的视听。当时在篁村的祠堂，肥仔张（张玉章）有80多人的队伍驻在那里，他们配有一挺重机枪，两挺轻机枪。张锦标以前没有打过攻坚战，没进攻过敌人的碉堡、炮楼、祠堂等，一般的战斗都是麻雀战、游击战，因为攻坚战需要一定的硬件准备和组织准备，所以打得比较少。但这次战斗就是名副其实的攻坚战，部队是经过了一番充分的准备才去打的。

新年的爆竹声一响起，部队就冲了进去。当时张锦标所在的班五个人全部是班长，组成一个冲锋队，任务是搞定重机枪。叶凤生带的另一个班也冲在前面，当时他用大刀狠狠地向敌人劈了过去，结果敌人的重机枪就响了，叶凤生被打死了。由于敌人的重机枪火力很猛，大家被拦在了外面。这个班是负责冲重机关枪、突击进入祠堂的，不能停滞不前，于是班长李锋先行，张锦标当时是副班长，紧跟上去，还有李观福和一个叫刘矮仔的战士也跟着上前，部队再次发起突击。敌人的火力实在太猛了，班长李锋、李观福先后牺牲，部队再次冲锋失败，只剩下三个人了。负责冲锋的队伍无法前进，

张锦标（1926—？），广东东莞万江人，被誉为东纵抢夺敌重机枪的“钢铁战士”。1942年参加东江纵队的前身——广东人民抗日游击总队，先后在大华队、平南队担任班长、排长、侦察队长。解放战争期间在两广纵队二团二营任连长。先后参加过济南、南麻、临朐、淮海战役。中华人民共和国成立后历任南海舰队黄埔基地观察教导大队大队长、东莞商业局副食品公司商品部经理等职。

整个突击队也无法前进。这个时候，敌人的重机枪更是扫出密集的子弹，阻挡着部队前进。那种重机枪叫马克逊，是德国制造的，它可以从不同角度射击，射击范围比较大，机动性强，准确性高，火力猛，是打皮带的，整条皮带一打就几百发子弹。部队正面进攻不行，就想着从侧面去解决问题。因为不解决重机枪，整个进攻就会很艰难，重机枪的火力严重威胁着队员的生命安全。不冲锋不行，张锦标下定决心，为了战友的生命，一定要拿下重机枪！他看准时机，猛地冲了过去，用整个身体将那个重机枪推倒了，这时候张锦标发出信号，中队长郑伟灵一过来就知道缴获了重机枪，马上将情况报告给大队长邬强。于是机枪手就带着轻机枪，占领了阵地。缴获重机枪后，爆破手袁升奋勇往前冲，冲的时候被打伤了，他仍然爬过去，压着炸药炸了祠堂，最终牺牲了。

篁村祠堂是向着公路的，被炸开了一个大口后，部队趁机冲入祠堂，缴获了三四十杆枪。但是敌人的轻机枪缴获不下来，张锦标就放火烧了祠堂的楼梯，完成任务后继续冲上楼顶，直到部队下命令要求撤退。战斗持续到凌晨两点左右，外面老百姓的爆竹声也一直没有停下来。

篁村战斗打了两个多小时，部队一共牺牲了四个人，其中张锦标班牺牲了两个，突击队牺牲了一个，爆破组牺牲了一个，另外还有几个人负伤了。在两点多的时候，部队撤出战斗，因为日军长濑大队从莞城出动了，他们一出动，我方部队就撤退。篁村战斗在当时影响比较大，因为部队很少直接主动去攻击敌人，而且在这次战斗中用爆破技术炸开了敌营的缺口，后来爆破技术慢慢被运用到战斗中了。

有一次，张锦标和警卫员吴谭全外出侦察，事先约好了：我们是从广州来的，在那里放牛，是放牛仔。如果有什么特殊情况的话，就要用这样的身份掩饰。因为他们没有良民证，四处走动会被联防队抓，当时他们十八九岁，觉得以放牛仔的身份应该可以混过去的。那时张锦标已经当了三年兵，他们将所有的侦察工作做好后，就往回走。

回去的时候，后面来了两个班的敌人，里面有5个伪军。张锦标一看情况不对，就越走越快，山地一高一低，他跟吴谭全说快些走，敌人的速度不够他们快的，因为敌人的年纪比他们大，而且还背着步枪。张锦标和吴谭全当时没带枪，因为主要是化装去侦察的。有个伪军走得比较快，在距离张锦标不到两米时打了一枪，但子弹没打响。张锦标不理他，就一直朝前走。走了大约500米，他就追上来了，吴谭全被他抓住了。张锦标走进了一条叫大吉岭的村子，一转弯敌人就找不到他了。有个伪军对村子非常熟悉，一直穷追不舍，张锦标一看不对，刚好前面有一个三米多深的沟，他就跳了下去。这个伪军从后面对着张锦标打了一枪，子弹从张锦标身边飞过。后来张锦标被抓的时候，前面围了差不多有20人。20多个伪军加上日本鬼子30多人前追后堵，而他们只有两个人，没办法突围。

张锦标被打得晕过去了，头上都是血。后来敌人用水泼醒了他，把他绑在一棵松树上。接着敌人的中队长出来审问，审了很久都没审出什么，张锦标就劝他们放弃："如果你是中国人就放我走，不用理我是红军还是别的什么军，你的这些教育政策不用和我说。"他是在用计拖住日本人，还说了一些类似的话。张锦标被水泼醒后喝了两碗冷水，这时候，有个老大爷走了出来，叫那个中队长放了他们。老大爷在张锦标头上敷了些烟丝，减轻他的疼痛，又对中队长说："你不能将他们交给日本人。"但是那个中队长说："刚才响了枪，不送不行，日本人那个班就在后面。"他刚才打了张锦标一枪，没打响，后来追到沟边又打了一枪，还是没打中，但是已经响枪了。敌人说他俩是红军，将他们身上的衣服拨开来看看有没有什么标记。他们没见过红军，传说中红军身上有些很奇怪的标记。但是他们没搜出什么来，后来就蒙着张锦标和吴谭全的头，绑着送到日本人那里了。

吴谭全和张锦标坐在铁丝网上，又被日军搜了一次，还是没找出什么。后来5个日本人把他们绑得严严实实，又给两支枪上了子弹和刺刀，就带着他们出发了。从动作看来也不太像要拉他们去枪毙，因为他们要杀一个人太容易，不需要那么多动作。他们被带着走了1000米左右，到了一个叫长江的村子，然后将他们送给草村中队长，找了一个翻译来审问。那个翻译是个台湾人，张锦标就问他姓什么，他说姓张。张锦标说："我也姓张，大家都是中国人。"审问他们的日本人叫草村，他将张锦标两只手分开绑，分别固定在腰两侧相同距离的地方，无论怎么转，两只手都没办法转到一起。两个人都是这样被绑着，张锦标在路边，吴谭全是在日本哨兵旁边。他们脚上也被绑着，手碰不到脚，也碰不到另外一只手，又不给东西吃。日本人继续审问，但是他们什么也没说出来。他们审不出来，就灌水、灌烟头、灌沙，什么酷刑都用上了。

张锦标一直鼓励吴谭全："你说出来就一定会死，你不说还有希望。你认了的话就暴露了自己，他们就要你带路去打部队。我们过了第三天就会比较安定了，你要坚持。"吴谭全不是党员，不知道部队的行动方向，也不知道和地下党的联系方式，但是张锦标知道。他就鼓励吴谭全千万不要暴露自己，要坚持下去。张锦标被日本人拉出去，又打、又逼、又引诱、又灌水，将他扔到一个坑里灌满水，等呛饱了又拉出来在太阳下暴晒。

到了第三天下午，张锦标就知道部队通过了。因为他问那翻译那些伪军去哪了，翻译说伪军去跟国民党的独九军打了。张锦标问是不是和红军打，他说不是，因为伪军一追就碰到国民党了，以为他们是红军就打了起来。部队通过了，张锦标也就放心了。张锦标说："最近变动比较快，他们新兵比较多，不如解开绳子放我们走。"翻译当然不会上当。

他们被关在前哨那里，随时都有一个人看着。因为敌人只有一个中队的人马，又派出一个小队去军事哨，也就只有两个小队守这个据点，所以才安排了个前哨在这里。张锦标仔细观察他们这个地方：前面有铁丝网，里面是碉堡。这些人换班的时候就走回自己的宿舍叫人接班，中间有段空当。这些士兵也很惨，在祠堂里用木板随便搭个草棚，就这么住着。那天晚上，张锦标叫吴谭全一起互相帮忙解绳子。之前，日本人每隔一个小时检查一次，但是那天晚上没有检查，因为他们都是新兵。为什么知道他们是新兵呢？因为张锦标看出他们不会出操，别人出手的时候他们出脚。所以趁那天晚上轮到他们看守的机会，他俩解开了绳子，侦察了附近的情况，结果发现一头猪从一个洞钻了出去。既然猪能出得了铁丝网，他们也能钻出去。等到敌人换人的空当，张锦标成功脱身。

延展阅读

东江纵队

1938年10月，日军在大亚湾登陆，占领广州，东江下游和广州地区沦为敌占区。东江地区的惠阳、东莞、宝安、增城等地人民在中共广东省委东南特委号召与领导下，组织了游击队，开展敌后游击战争。10月12日，惠宝人民抗日游击总队在惠阳淡水地区成立，次年春，东莞地区的游击武装整编为东宝惠边人民抗日游击大队。1940年，两支队伍合编为广东人民抗日游击队第三、第五大队。1942年1月，广东军政委员会成立，两个大队改称广东人民抗日游击总队。1943年12月，根据党中央指示，游击总队改番号为广东人民抗日游击队东江纵队。东江纵队先后作战两千多次，建立了东江抗日根据地，到抗战胜利时，部队发展到1万余人。

（供稿单位：广东东江纵队纪念馆）

植地庄八勇士

1940年6月，冯光被调到广州市区游击第二支队，开始了连年转战的戎马生涯。在部队里，他入虎穴、破敌巢，胆略过人，骁勇善战，屡立战功。当地老百姓称之为“打仔”，在部队中有“军胆”的美誉。

1941年中秋节过后，大汉奸李塱鸡纠集反动武装3000余人进犯广游二支队驻地西海，妄图消灭这支抗日武装队伍。当时，冯光和他的战友负责坚守路尾围炮楼。敌人多次强攻不下，恼羞成怒，调来炮兵用火炮轰击，猛烈的炮火轰掉了炮楼顶上的两层。但冯光等人不顾生命危险，退到楼下坚守。当敌人再次进攻时，他们顽强阻击，终于打退了敌人，保住了阵地，为保卫西海作出了贡献。

1944年7月25日深夜，驻广州市郊石榴岗的日军500多人袭

冯光（1920—1949），又名何达生，曾任南三大队大队长、珠江纵队独立第三大队大队长。1939年参加清远滘江青年抗日先锋队，同年秋冬加入中国共产党。此后，他转战番禺、顺德、南海、三水、四会、广宁、怀集、清远、阳山、英德、连县以及湘南等地，为人民的解放而奋斗。1949年1月22日，在与国民党军队交战中不幸中弹牺牲。

击第二大队驻地植地庄。冯光主动请求担任阻击敌人以掩护部队突围的任务，他在东闸门一下子击毙十余个日兵，挫伤了敌人的锐气，经过战士们顽强的阻击，大队伍突出了重围。这时，担任阻击掩护的只剩下8个同志。为了保证主力的安全转移，他们继续坚守阵地拖住敌人。面对强敌，冯光从容自若、沉着指挥，牢牢地坚守着植地庄这个只有几十户人家的村庄。靠着冯光的胆略和指挥作战能力，8个同志团结一致，巧妙地与敌人周旋，击退日军多次疯狂的进攻，打死打伤日军百余人，使主力部队安全转移，保护了庄内群众的安全。他们创造了对敌斗争中以少胜多的范例，被誉为“植地庄八勇士”。

经过一系列战斗的锻炼和考验，冯光由战士先后升为小队长、中队长。1944年11月，调任广游二支队南三大队任副大队长。1945年1月15日，南三大队改编为广东人民抗日游击队珠江纵队独立第三大队，冯光被任命为独三大队的首任大队长。独三大队成立后，冯光带领干部战士发展扩大南三边游击区，发动群众开展锄奸除霸斗争，并团结各党派各阶层爱国人士共同抗日；同时以军事斗争为后盾，建立起南三抗日民主政权，粉碎了敌人的多次清乡扫荡，消灭了不少反动分子。

为了积极贯彻中共广东军政委员会和珠江纵队的决定，在敌后主动出击日伪军，扩大活动地区，冯光根据实际情况部署了几场战斗，首仗是攻打敌伪重要据点南海县伪三区区署所在地官窑圩。

为了打好这场仗，冯光多次派游击队员往官窑圩侦察，摸清了伪区署、伪联防大队部敌人兵力的分布情况，决定采用偷袭的方法打掉这个敌伪据点。

冯光与政委李群一起率领第一、二中队和手枪队共100多人，以及300多名民兵从沙头出发，沿着西南涌大堤直奔官窑圩。

1945年2月6日深夜时分，部队到达了作战位置，神不知鬼不觉地包围了官窑圩，兵分三路突袭中街伪区署、上街炮楼和下街牛圩这3个敌人据点。

官窑圩四周一片漆黑，只有中街伪区署和炮楼灯火明亮。担任进攻中街伪区署任务的手枪队员匍匐着身子逼近了炮楼，端了敌人的岗哨，迅速在炮楼脚安上了炸药包。随着轰隆一声巨响，手枪队在硝烟中冲进了炮楼，有如从天而降，伪军被炸得晕头转向，个别清醒过来的伪军刚想拔枪顽抗，就被手枪队战士撂倒在地，其余的纷纷缴械投降。

与此同时，负责攻打下街牛圩的第一队，在副中队长潘锦和副指导员麦冠常率领下，从豆腐店的后门进入下街，包围了敌营房，出其不意的一阵密集机枪扫射和手榴弹轰炸，使毫无准备的伪警失去了抵抗能力，举起双手当了俘虏。紧接着，上街炮楼也解决了战斗。这场战斗从开始到结束，仅仅用了半个小时，活捉了万卓南等4名汉奸恶霸，俘虏伪警20余名，缴获机枪两挺、长短枪80余支、子弹和粮食等物一大批，砸开了伪区署监狱，放出被关押的群众30多人。

战斗结束后，独立第三大队应群众要求，将民愤极大的万卓南等4名汉奸恶霸就地处决，对被俘的伪警则教育后释放。战士们抓紧时机向圩上居民讲述共产党、游击队的抗日救国方针、政策，进行政治宣传。圩上群众目睹部队纪律严明，对敌作战英勇，特别看到游击队中不少是年轻的“小鬼”，都亲切地称独立第三大队为“鬼仔队”。拂晓前，部队在民兵和群众的支援下，把缴获的物资搬到河边的几只木船上，胜利而归。

延展阅读

植地庄战斗

植地庄战斗发生在1944年7月25日，广州市区游击第二支队新编第二大队在南村植地庄秘密集结，由于汉奸告密，驻广州石榴岗日军指挥官吉田率部于是日深夜前来偷袭。26日晨，大队决定由中队长冯光等8人坚守村庄阻击敌人，一部分队伍占领高地，掩护部队分头突围。突围队伍一路绕道安全抵达大江南村名；另一路遭到日军机枪、步枪和掷弹筒的密集射击，大队长

植地庄抗日战斗烈士纪念碑

卫国尧等20多人中弹牺牲。指导员黄平带领一支队伍向长岗山头冲去，冲到半山才知山头已被日军抢占，继续冲锋时遭到敌人的密集射击，梁铁受重伤昏迷，其余全部牺牲。中队长冯光等8人坚守植地庄，利用围墙作掩体，避过敌人机枪的火力，打退了敌人8次进攻。日军无计可施，只好全部撤走。为纪念在植地庄战斗中光荣牺牲的卫国尧等48位烈士，1956年番禺县人民政府建立纪念碑和陵墓。纪念碑位于现广州市番禺区南村镇里仁洞植地庄外的挞沙岗上，碑正面阴刻“植地庄抗日战斗烈士纪念碑”，碑后建有圆形墓，墓前竖立“抗日烈士墓”石碑。

（供稿单位：佛山市委宣传部）

小小文印员

黄坚，1930年正月十七出生于马来西亚一位华侨工人家庭。他刚满周岁时，父亲就失业了。生计无着，只好举家返回祖国。他们辗转于上海、南京两地谋生。父亲先后在沪宁铁路和津浦铁路当铁路工人。七七卢沟桥事变后，日本侵华的战火很快蔓延到华东地区，黄坚一家被迫返回故乡南海官窑黄洞村避难。

黄坚此时已添了弟妹两人，五口之家栖身于祖父留下的半间祖屋里，生活无着，日子十分难过。他的父亲在家里住了几天后，就忍痛与妻儿告别，重返马来西亚做工。不久，黄坚母子四人也赴香港投亲靠友，寄住于舅父家中。母亲日夜操劳，省吃俭用，让黄坚读上了小学。

黄坚（1930—1945），又名黄裕坚，原籍广东南海官窑黄洞村，出生于马来西亚，后随父母返回祖国。他自幼勤奋好学，1944年加入广东人民抗日游击队南三大队当文印员，同年加入中国共产党。1945年，在随部队北挺途中，被敌人用子弹射中身亡。

1941年12月，太平洋战争爆发。香港于当月25日被日军占领。黄坚一家再度仓皇返乡避难。这时，黄坚年仅12岁，但为了生存，他忍痛弃学，主动与母亲一起挑起家庭重担。

1944年7月，中国共产党领导的广东人民抗日游击队南三大队从南庄挺进到南海、三水两县边境地区，积极开展抗日活动。饱受颠沛流离之苦的黄坚，目睹活跃于南三边境的游击战士抗敌御侮的雄姿，无比向往。他多次跑到驻扎在村子里的游击队大队部要求入伍，最终得到部队领导的批准。14岁的黄坚，开始了部队的生活。

由于黄坚在学校读过书，有一定的文化基础，字也写得整齐。部队便安排他在大队部当文印员，负责刻写油印、宣传工作。

当时，南三大队积极采取军事行动，在南三边区建立了游击区，部队活动范围越来越大了。为了扩大影响，让人民群众对南三大队有进一步的了解，部队决定以大队长黄平的名义，公开发表《黄平部队告南三同胞书》，刻印任务就交给了黄坚。很快地，充溢着油墨香味的《黄平部队告南三同胞书》传遍了南三边区各个村庄。南三大队抗日救国的宗旨，迅速为人民群众所了解。当地群众认识到南三大队是言行一致的抗日队伍，主动欢迎部队进驻村庄，给部队带路、放哨、送情报，踊跃交纳抗战军粮。一些具有抗日救国思想的青少年还找上门来要求参加南三大队。这支人民抗日武装力量不断发展壮大。

东江纵队、珠江纵队先后宣布成立，黄坚所在的“南三大队”也易名为广东人民抗日游击队珠江纵队独立第三大队（简称独三大队）。独三大队为配合抗日斗争形势发展的需要，紧密地依靠群众，主动出击。年纪轻轻的黄坚尽管个儿小却积极要求上前线，他多次态度恳切地对部队领导说：“我来部队就是要参加战斗，打日本仔的呀！”部队领导答应了黄坚的要求，于是他拿起了枪杆子，和战友们一道英勇杀敌，打了一场又一场漂亮仗。独三大队先后攻克了南（海）、三（水）、花（县）边境的官窑圩，夜袭了三水县源潭、南边等敌伪据点，不仅拓展了游击队的活动范围，还使边区各抗日据点连成了一片。黄坚每次随部队胜利归来，多数战士都休息了，但他又立即投入刻印捷报工作，争取时间让胜利的消息传遍南三边区的每一个角落，以鼓舞当地人民群众的抗日信心。

1945年8月15日，中华民族取得了抗日战争的伟大胜利。在那举国欢腾之际，珠江纵队独立第三大队为贯彻执行中共中央和广东区委作出的挺进粤北，迎接王震、王首道部队建立五岭根据地的指示，积极做好执行新的战略任务的准备工作。为了加强战士的政治学习和形势教育，让干部战士都深刻了解抗日战争胜利后，国民党势将发动内战，掠夺人民的胜利果实，挺进粤北建立五岭根据地正是适应这个形势转变的有效措施，部队编写了大量的学习资料、宣传资料、传单。油印室的工作量骤然大增。

当时，油印室人员虽然已增至5人，但由于任务紧迫，黄坚他们都自觉地加班加点。累了，就在刻印桌旁席地而睡，醒了，又继续干。四天四夜谁也没有跨出屋门一步。8月23日，独三大队指战员共500余人，集结于三水县源潭举行北上誓师。部队晓行夜宿，爬山越岭，马不停蹄地急行军，一些人由于生病或体力不支而掉队了。为加快北上速度，迎接更为艰巨的战斗任务，部队决定疏散部分年幼或体弱有病的战士。当领导征求黄坚的意见时，他态度坚决地说："我不回去，我要和大家一起北上。首长说过，打完日本仔还不能算是完成任务，还要建立新中国哩！"一路上，国民党部队派出数倍人员对部队进行围追堵截。部队只得夜行晓宿，有时边走边与敌周旋，艰难地向北挺进。

延展阅读 ……

珠江纵队

广东人民抗日游击队珠江纵队是在抗日战争时期，中国共产党在广东省珠江三角洲领导创建的一支抗日游击队，主要活动地区包括现在广东的南海、番禺、中山、顺德、三水、珠海、四会、广宁等地。1938年10月，广州及南海、番禺、顺德等县相继被日军侵占。各县中共组织根据中共广东省委指示，发动群众，组织抗日武装，开展游击战争。1939年2月—1940年6月，先后成立顺德抗日游击队和中山抗日游击中队（后扩编为大队）。

（供稿单位：佛山市委宣传部）

眼皮底下派传单

崔楷权自幼跟随父母在广州读书。1937年抗日救亡运动风起云涌，在中山大学附中读初三的他在进步思想的影响下，特别是在学校党组织的培养教育下，思想觉悟提高很快。1937年底“抗先队”刚成立，崔楷权就加入其中并成为活跃分子。他和同学们一起走上街头及下乡搞抗日救亡宣传，演出抗日话剧，参与抢救在日机轰炸中受难的同胞，宣传、推动向八路军献金等活动。经过抗日救亡运动的锻炼和考验，崔楷权于1938年春夏间光荣地加入了中国共产党。

1938年下半年，崔楷权初中毕业，广州正处于沦陷前夕，“抗先队”根据党组织的部署，组成战时工作队到西江地区进行抗日宣传、发动工作，崔楷权也随队前往。他后来转到澳门，参加了共产党领导的进步团体起来剧社。1939年7月，崔楷权随同澳门四界（学术界、音乐界、体育界和戏剧界）救灾回乡服务团第四队回内地参加抗日救国工作。

后来，由于环境越来越险恶，经济又无法支持，服务团的队员只好分散到各地活动。崔楷权则转赴禺南参加了广州市区游击第二支队，被派往赤山乡小学以教书职业为掩护，开展抗日宣传活动。他白天在学校上课，晚上则组织青年“读书会”自编自刻自印《救亡呼声》小报。1941年初，党组织为了加强城市工作，抽调崔楷权等一批党员进入广州开展活动。崔楷权回到广州后，遵照中央关于白区工作要“隐蔽精干，长期埋伏，积蓄力

崔楷权（1922—1949），广东南海沙头人，是富商家庭的独生子。从读初中起，他便积极投身抗日救亡运动，后来加入中国共产党，并打入敌人内部，长期在敌人的眼皮底下战斗，负责过多个联络站。解放战争时期，组织开展游击战，1949年7月不幸牺牲，年仅27岁。

量，以待时机”的十六字方针，在市一中念高中，利用学生身份隐蔽活动，团结了一批进步同学，并动员他们到游击区参加抗日斗争。

崔楷权在广州的立脚点建立以后，党组织考虑到他的家庭环境和社会关系等有利条件，要求他建立一个可靠的秘密联络点。崔楷权便以做生意为理由，向去了澳门的父母要了一笔款，在惠福西路开了一间红棉甜品店，建立了一个秘密活动据点。党组织把地下党员麦祺等人安排在那里主持店务。由于沦陷时期，经济萧条，甜品店不久便歇业了。到1943年6月，崔楷权在广州市一中即将毕业时，为了更好地开展活动，又向父母要一笔钱，在广州市米市路2号开了一间广安柴店，自己当起了“老板”。

柴店业务稳定下来后，崔楷权根据党组织要他打入伪政权内部以掩护开展工作的指示，想方设法同惠福区及其周围一带的茶楼老板和主管、伙计以至各个茶楼的报贩、烟档的烟贩及街坊上有点名望的人物都混得很熟，同左邻右舍的关系也处理得很好。因而他先后被推举当上了日伪惠福分局第二联防办事处的甲长、联保保长，并得到伪惠福区公安分局长的“赏识”。这样，崔楷权的家——中华中路云台里18号就成了珠江纵队在广州的一个重要交通联络站。

这两个隐蔽活动点和交通联络站，经常为地下党和抗日游击队收集、传递情报，购买药品、器材，接待来往人员和安排伤病员养伤，印发文件、传单等。地下党员郭静之则以柴店东家身份长期隐蔽在那里和崔楷权联系。此外，云台里这个点还曾经成了地下党的秘密油印点。1945年，党组织为迅速将党的七大有关文件传播，就曾在那里刻印过毛泽东的《论联合政府》和朱德的《论解放区战场》，还有《评〈中国之命运〉》等学习文件，以及《前进报》等宣传材料。当时崔楷权白天到广安柴店工作，由隐蔽在云台里的地下党同志负责刻写，晚上他回家就接手刻写，并与另一些同志一齐印刷，经常工作到深夜，甚至通宵。

抗日战争胜利前夕，为了打破敌人的封锁，把中国共产党领导的八路军、新四军已经成为抗日战争的中流砥柱的真相告诉全市人民，把东江纵队和珠江纵队英勇抗敌的事迹向各界群众宣传，以扩大政治影响，地下党决定发动一次宣传攻势，以东江纵队和珠江纵队的名义，起草一份《告广州同胞书》，印制成传单在全市范围内大规模散发。崔楷权在云台里亲自刻印并配合地下党组织统一散发部分传单。这次传单的散发对广州震动很大，敌人惶恐不安，广大市民则喜形于色，拍手称快。

延展阅读 ……

崔楷权的革命活动

广安柴店联络站结束以后，崔楷权又在文昌北路耀华东街租了20号二楼作为市工委新的联络站，1946年6月，广东区委要求迅速恢复武装斗争，开展游击战争，建立根据地。崔楷权于年底被调到香港学习了一段时间之后，于1947年初被派到东江游击队，转战于博罗、增城、龙门一带。同年10月，崔楷权被任命为中共江北工委宣教科长，从事群众和部队宣传教育工作。中共江北工委为了开辟平原地区工作，以支持山区的斗争，派崔楷权到增城广九沿线任平原工作副特派员，在那里开展群众工作，组织武装。

1949年2月，江北支队奉命编为中国人民解放军粤赣湘边纵队东江第三支队，崔楷权被任命为二团副政治委员。4月，东江第三支队决定成立一支直属先遣总队，并任命崔楷权为先遣总队政治委员，开赴增城西油麻山、从化南天山、水山，禺北（现广州北郊）帽峰山一带活动。

1949年7月中旬，先遣部队在禺北冯径下村召开领导干部会议，由崔楷权总结先遣总队成立以来的工作和布置下一步的任务，不幸被敌侦悉，21日凌晨四五时驻地被敌包围。崔楷权在率部突围时不幸中弹牺牲，时年仅27岁。队长朱骥等另6位同志也壮烈牺牲。新中国成立后，为纪念先烈，在九佛竹山乡迳下村建立了一座纪念碑。

（供稿单位：佛山市委宣传部）

革命的好妈妈

黄禾是宝安县葵涌区土洋乡（原叫沙溪乡）土洋村的一位革命烈属。她于1900年出生于一个贫苦农民家庭。黄禾16岁那年与土洋村李富华结婚，家中十分贫穷，在她36岁那年，丈夫在贫病交迫中去世了。黄禾生有八个男孩，因家境贫穷，其中两个孩子因生病无钱医治而夭折，也因家贫无力抚养，送了两个孩子给他人，自己留下四个。

黄禾是妇抗会的骨干，她在党支部、妇抗会的教育和领导下，思想觉悟不断提高，为东纵部队和地下党组织做了许多好事。她家供部队做伙房，还十分关心战士们的冷暖，帮助战士做这做那。另外她经常找些草药给同志治病，对待同志们好似自己的亲人一样，同志们称她为“革命的好妈妈”。

黄禾（1900—？），广东深圳人，革命烈属，三个儿子参加革命，在东江纵队驻土洋期间，帮助部队侦察敌情、送情报、运物资、关心同志，为抗日救亡、为党为部队为抗日战争的胜利做了很多事，贡献了自己的力量。是土洋妇女抗敌同志会的积极分子，东江纵队同志们称她为“革命的好妈妈”。

黄禾留在身边的四个孩子，在抗日战争时期除了幼子（才几岁）其余均已一二十岁了。由于她热爱党，热心革命，懂得有国才有家的道理，加上当时东纵司令部长期设在本村，她所受到的教育和影响较深，因此她先后送了三个孩子参队。

此外，黄禾和赖运、何进、叶连娣等一批妇抗会会员经常利用外出劳动和探亲的机会，了解驻在葵涌、沙鱼涌和本村的日本鬼子的设防、哨位、人数、障碍物设置、白天行动规律、晚上巡逻等情况，然后就向部队和地方党组织汇报。有一次，黄禾了解到日军在土洋村心陂头河里洗澡，及时通知武工队去伏击，结果打死日本鬼子一个，打伤两个，缴获三八式步枪一支及一些子弹。

黄禾是农村妇女，敌人对她比较不注意，而且她对附近乡村非常熟识，因此，部队和地方党组织经常派她送信送情报。特别是其长子李运同志当时是江南指挥特派员，负责与惠阳、宝安、港九等地的联络工作，经常交代其母亲传递情报文件。

黄禾还帮助部队运送武器弹药等军用物资，如1942年至1944年，部队缴获许多烟叶等物资，需要土洋村妇抗会帮助部队把烟叶等物资挑到红花岭、坪山等地，她都积极参加挑运。

土洋村妇抗会为了帮助部队解决一些给养问题和鼓励部队多打胜仗，每逢部队打仗回来及节日，如元旦、冬至、春节等，都会发动大家捐献米糕、茶果、花生等农副产品慰劳部队，并派代表送到部队营房，黄禾都会积极参加这些活动。妇抗会还于1943年发动全体会员到黄鸡妹（地名）及溜马石村前，开垦20亩荒地种花生、番薯，然后将收获的花生、番薯送到部队。黄禾同样积极参加，带头开荒。

1945年8月15日，日本帝国主义宣布无条件投降。同年10月，驻在葵涌地区的日本鬼子撤走，国民党接着发动内战。同年11月，驻宝安县布吉的国民党反动军队一个加强营，长途奔袭驻在土洋村的江南税务处。由于情况来得突然，税务处处于敌强我弱的情况下，不得不撤退。当时情况非常紧张，税务处有些同志来不及撤退，则走到群众家，依靠群众掩护。其中有三个同志从黄禾家门口走过，黄禾主动把三个同志拉进家里，最后使同志们安全脱险。

1946年初，国民党集结了七万余兵力，大举扫荡东江解放区，实行“分进合击”“反复扫荡”“巡回扫荡”“填空格”等战术，妄图一举消灭我党领导的东江游击队。

有一次国民党反动派来到土洋村扫荡清乡，一无所获，但他们不甘心失败，到处搜查部队和迫害革命家属。他们妄想从黄禾身上得到游击队和共产党活动的一些线索，及其参军孩子的下落。因此，他们把黄禾抓起来，押解到大鹏监禁起来，软硬兼施，采取各种毒辣手段进行审讯。但她宁死不屈，坚决顶住，从始至终都说不知道，敌人毫无办法。后来敌人为了捞一点别的好处，遂通知土洋村的保长来担保她。土洋村的保长李生古花了几千元担保费，把黄禾担保了出来。

延展阅读 ……

土洋村东江纵队司令部旧址

土洋村东江纵队司令部旧址位于深圳市龙岗区葵涌镇土洋村。原为1912年修建的意大利天主教堂，二层砖木建筑，外观及装饰具意大利建筑风格，有一厅一厢房，楼上有阳台。高9.8米，宽11.4米，深7.75米，东侧为礼拜堂，砖木钢梁结构。旧址保存完好。

1943年12月，广东人民抗日游击队东江纵队成立后，这里成为东江纵队司令部和中共广东省委临时常委所在地。教堂主楼为神父寝室，会议室设于正厅，楼上为司令部成员曾生、尹林平、王作尧住处。主楼西侧有两间加建的小平房，砖木结构，作为马厩和电报房。楼房后面有一小块平地，是当时的练兵场。1944年7 8月，有名的土洋会议（省临委和军政委员会联席会议）在此召开。

1984年深圳市人民政府公布为文物保护单位。2002年7月17日，被列入第四批广东省文物保护单位。

（供稿单位：深圳市大鹏新区葵涌办事处土洋社区工作站）

真假夺枪记

1947年夏天，何远赤和陈克在韶关北门一间米店的楼上，接受了中共曲江特派员杜国彪布置的任务：攻打白沙乡公所，在曲江重搞武装斗争。凡事预则立，不预则废。杜国彪约何远赤一起去白沙乡乌石洞考察。这个乌石洞和附近的定洞、横村、龙皇洞等地是大革命时期农民运动活跃的地方，有许多人参加过农会和农军。一路上小溪水清明透，潺潺奔流，两边山高林密、郁郁葱葱。带路的是在那里当教师的张世德同志，他们沿小溪溯流而上，来到庙前张屋。沿途群众都热情地向张世德打招呼，邀请饮茶坐聊。这里良好的群众基础和地形条件，让何远赤等人增强了重搞武装斗争的信心和决心。

农历七月下旬的一个晚上，何远赤从马坝率领何远来、何远照、丘其忠、吴棠、何才、文丹等，带着筹集来的4支步枪和1支驳壳枪，由张世德带路，从龙头寨（村名）渡过北江河，直奔庙前张屋。抵达时，曲江地区的程祺和陈克、李学文、范家祥、邓祯、欧阳汝森等已在那里等候。紧接着白土小学校长邓启民又送来了1支驳壳枪和1支左轮枪。一共12人、4支步枪、3支手枪。程祺宣布，这支武装队伍由陈克和何远赤负责领导。

队伍组织起来之后，马上投入攻打白沙乡公所的准备，主要是进行形势任务和政策纪律教育，开展武器分解结合瞄准出发训练。手枪训练由陈克负责，步枪训练由何远赤负责，同时抓紧对白沙乡公所的侦察。侦察工作主要由邹泽民负责。他的父亲邹

何远赤（1926—2019），出生于广东曲江马坝镇阳岗上何村的一个世代农耕的家庭。1945年加入中国共产党。先后担任过曲江人民解放大队副大队长，曲英乳人民义勇大队大队长，北支曲江独立大队大队长，中共曲江县委武装部部长等职，经历了无数次大大小小的战斗。中华人民共和国成立后，历任北江（韶关）军分区科长、广州军区政治部群众工作部副部长、广东省军区政治部副主任等职，并于1984年离休。

桂清曾担任过白沙乡长，思想比较开明，家就住在白沙街上。经摸查，现白沙乡长姓黄，本人有1支驳壳枪和1支左轮枪，在乡公所有一间住房，乡联防队有10多人，住在另一间大房子里。邹泽民还绘制了一幅乡公所平面图。根据侦察的情况，他们决定在白沙圩日晚上偷袭乡公所。

八月初一是白沙圩日，他们提前吃过晚饭，在8点30分以前分批赶到在白沙街。何远赤领着手枪突击组李学文、何远来走在前头；何远照、文丹持两支步枪占领白沙街后山；程祺、欧阳汝森按计划在回韶关的路上剪断白沙至白土的电话线；陈克领着其他人接应。考虑到步枪不好掩蔽，而当地群众有用步枪打鱼的习惯，他们安排使用步枪的同志都带上渔具，装成去北江河打鱼的模样。当时天气很热，沿途许多还在乘凉的群众见他们扛枪经过，还窃窃私语：“这些家伙劲头真大，晚上还去打鱼！”有的径直招呼：“兄弟，去打鱼吗？”得到的回答是：“是的，现在正是打鱼的好时候！”并没有引起群众的怀疑。

白沙乡公所设在一间青砖到顶的店铺里。大门装有红木制造的木闸，叫作推龙门。门旁有一个开关，只要不上锁，在门外用手一按，就可以把门拉开。乡公所一般在晚间10点钟上锁，所以他们必须在此之前赶到。当突击组走到乡公所门前时，只见大门关着，也没有哨兵。何远赤将开关一按，门拉开了，突击组立即冲了进去，只见办公桌旁有一文书正在煤油灯下埋头抄写文件。何远赤用驳壳枪顶着他的腰部，大声喝道："不许动！举起手来！"

"开什么玩笑，不见我正在忙着吗！"文书漫不经心地说。

"谁跟你开玩笑，举起手来！"何远赤抓住他的衣领向上一提，让他把头抬了起来。

"我举……我举……"文书立即举起双手，本想站起来，双腿却不听使唤，一下子瘫倒在椅子上，把眼镜也掉到地上了。

何远赤用手电向四周照了一遍，不见有人，便向文书问道："黄乡长呢？"

"回……回家去了！"

"联防队呢？"

"白天去趁圩，一直没有回来。"原来联防队队员有的回家，有的寻欢作乐去了。

何远赤让李学文看着文书，领着何远来冲进乡长卧室，在藤箱里搜到了1支驳壳枪和1支左轮枪，子弹几十发。这时陈克领着接应的同志也直奔联防队住的大房子，收缴了步枪14支、子弹1000多发。

随即他们向乡文书讲明，他们是曲江人民反"三征"翻身团游击队，并宣传革命的大好形势和我军优待俘虏的政策，告诫他不要再为国民党卖命，命令他把桌上的文件，柜子里的户口册、田粮册全部搬出来，放火烧掉。可是由于文件压成一堆，点了几根火柴都烧不起来。陈克急中生智，拿起办公桌上那盏煤油灯往桌边猛力一敲，把煤油洒在文件堆上，一划火柴，火就熊熊烧起来了。接着，他们按计划在街上张贴了反“三征”的布告和标语，随即返回乌石洞。

成功偷袭白沙乡公所，吓坏了曲江反动派，鼓舞了广大人民，拉开了曲江重搞武装斗争的序幕。青年农民和学生纷纷参加游击队，几天时间，队伍就发展到50多人。

到了第二年春天，游击队不断扩大，面临武器缺乏的局面。正在这时，交通员送来情报：原曲江伪县长薛汉光有一批枪在白沙乡各保分藏，准备用来扩充乡自卫队对付游击队。经过研究，游击队决心要打乱敌人的扩充计划，抢先夺枪武装自己。因为第一保保长丘皆棠是自己人，所以他们决定先从这个保下手。

一天夜里，丘皆棠同志秘密来到乌石洞新屋子村同游击队领导共商夺枪计划。范家祥问：“薛汉光是不是有一批枪在各保存放？”丘皆棠回答：“是的，我在的保就有两支全新的‘七九’，分别由我和弟弟保管。”何远赤接着问：“能否将这两支枪送进游击队来？我们很缺武器。”丘皆棠认为直接送枪会引起怀疑，暴露身份，对以后开展工作不利，提出约定时间、他做内应、由游击队派人来缴的办法。大家经过反复考虑、分析，最后制定了一个假缴枪、真送枪的行动方案。

几天后的一个晚上，按照原定的计划，何远赤带着几名游击队员突然冲进丘皆棠的家里，用手枪指着他母亲喝问道：“丘保长呢？枪放在哪里？快交出来！”丘母被吓坏了，停了片刻才战栗地回答：“枪……枪不是我家的。”何远赤等人便将她连同丘妻推进侧房里，把门锁上。人质在手，从大门外进来的丘皆棠假装无奈，只得在内屋取出枪交给他们。随后丘皆棠又被“押”着到其弟家里，很快第二支枪也到了游击队手里。这次缴枪行动快捷利落，整个过程只花了十几分钟。何远赤等人将丘皆棠“押”到村边的偏僻处才“释放”他。

等远处的狗叫声停了，丘皆棠估摸游击队走远了，马上回到家里拿出铜锣使劲地敲起来：“有贼佬进村，枪被抢了！”邻近的村民闻声赶来，听了保长的叙述，看到他狼狈着急的样子，又见其母其妻还被锁在房间里，都深信不疑。接着，丘皆棠又特意带了几个村民连夜赶到乡公所去举报。当晚，乡公所里只有一个姓陈的文书，听了诉说后，摆出无可奈何的样子，嘟哝几句，就把来人打发回去了。

在归途中，游击队员抚摸着刚刚到手的崭新步枪，兴高采烈地议论着。何远赤笑说："刚才丘保长和我们合演的那场戏真不错！"

/ 延展阅读 ……

白沙革命烈士纪念碑

白沙革命烈士纪念碑位于韶关市曲江区白土镇横村村委会老街村后山坡上。白沙是革命老区，是大革命时期农民运动活跃的地方，不少革命烈士英勇献身。1947年8月，曲江地下党组建河西游击队，发

白沙革命烈士纪念碑

动“白沙起义”，与6月组建的河东游击队一起揭开了解放战争时期曲江游击战争的序幕。

白沙革命烈士纪念碑，建于20世纪80年代。坐西北向东南，为方尖碑，通高3米。碑身正面直行阴刻楷书“革命烈士纪念碑”，顶部竖一颗立体五角星。

（供稿单位：曲江县委党史研究室）

小小盐店大贡献

1948年10月9日晚，由于叛徒出卖，国民党军警包围了湛江市赤坎环市路431号和海边街广汇行等南路特委的几处联络点，当晚住在广汇行的特委交通员黄义民等6人被捕。他们面对酷刑拷问，仍坚贞不屈，至死也没有暴露、出卖组织。作为南路特委交通站的黄记盐店因此得以保全，只是后来由于形势变动也停止了活动。其实，这间在大街上并不起眼的小店，从大革命、土地革命，直到抗日战争、解放战争，不论风云变幻，波诡云谲，却能秉守初心，坚持斗争，20多年间作出了重大贡献。下面我们来看一下这个小小盐店所历经的“历史风云”。

黄记盐店的主人叫黄元常，出生在湛江东海岛东参村一个经营盐场的家庭，13岁就随父亲到广州湾鸭乸港贩盐。1923年，18岁的黄元常在鸭乸港开设了黄记盐店，经营盐等生活用品。

这个黄记盐店也是遂溪乐民黄氏宗亲在广州湾的主要落脚点和联络处。在广州求学的进步青年黄学增暑假返回南路、往来广州湾时在此过夜，他利用机会，经常向黄元常宣传革命理论。在黄学增的影响下，黄元常积极投身革命，支持农民运动。从此，黄记盐店成为黄学增在广州湾的主要落脚点和联络站。

黄元常曾陪同黄学增到东海岛的东参村培智学校居住过一段时间，其间，黄学增宣传革命、发动群众，也常到遂溪、广州湾等地开展工作，并经常往遂溪、海康等县指导当地开展工农革命运动。经商之余，黄元常经常往返家乡东海岛东参村与赤坎之间，把自己在黄学增等人处受

黄学增（1900—1929），出生于广东遂溪，因家贫直至13岁才入本村私塾读书，1920年考上广东省立甲种工业学校。1922年参加中国共产党组织，1924年参加广州农民运动讲习所第一届学习班，曾任广东省南路特派员、中共农民运动特派员、广东农协执委、广东省农协南路办事处主任、广东省委候补常委、琼崖特委书记等职。黄学增是大革命时期与彭湃、阮啸仙、周其鉴等人齐名的广东省四大农运领袖之一，又是土地革命时期广东西江和海南岛红军、苏维埃的创始人之一。1929年，在海口市英勇就义，时年29岁。

黄元常（1905—1938），广东湛江东海岛东参村人。出生于一个经营盐场的家庭，13岁随父亲运盐到广州湾鸭乸港出售，18岁在广州湾新街尾开设黄记盐店经营盐等生活用品，1938年农历十一月被广州湾法国当局陷害致死。黄元常是民国时期广州湾著名的盐商、广东四大农民领袖之一黄学增的亲密朋友、大革命时期震撼广东南路的乐民农民武装起义的枪支弹药的主要提供人、东海岛第一个红色文化传播者。他在广州湾的盐仓和黄记盐店是黄学增在广州湾的秘密联络站。

到的革命思想熏陶和盐场的盐工们分享，把听到的有关俄国十月革命的故事和北京五四运动等讲述给他们，让他们知道了孙中山、国民革命，也知道了马克思主义和中国共产党。

1927年1月，中共广东南路地方委员会成立，黄学增任书记。为了方便黄学增的工作并保卫他的安全，党组织派党员黄义民到黄记盐店以打工为名，开展交通情报工作。黄记盐店作为联络站的位置更加凸显。

“四一二”反革命政变后，白色恐怖笼罩广东各地。中共广东区党委紧急转移香港，随即委派黄学增前往西江任特委书记，组织领导武装暴动。早有预谋的南路反动派立即动手对共产党员、农会干部和革命群众大逮捕大屠杀。

面对国民党反动派的暴行，南路人民没有屈服。1927年5月上旬，撤退到广州湾的南路各县中共和农会领导人，重新集结力量，发动农民暴动，武装反抗国民党反动派的屠杀，保卫农民革命成果。会议先在赤坎鸡岭召开，最后在黄元常家的盐船上结束。同年7月，中共南路特委成立。黄记盐店继续作为特委的秘密联络站活动在广州湾赤坎。

1928年，南路的政治形势进一步恶化，遂溪、廉江、海康、吴川等县的县委机关相继遭到破坏，领导成员除被捕、遇难外，其他成员被迫分散隐蔽。夏秋间，中共南路特委委员兼海康县委书记薛文藻等人在广州湾赤坎被捕。12月间，中共南路特

黄义民（1904—1948），广东湛江东海岛海坡南村人。1939年参加地下党工作，中共党员，南路特委赤坎联络站负责人，1948年在赤坎被捕遇害。

委、共青团南路特委设在广州湾赤坎的领导机关均遭到严重破坏，包括中共南路特委书记黄平民在内的特委领导人和工作人员10多人被捕。黄元常积极奔走联络营救，最后争取法租界当局释放了薛文藻夫妇。1928年6月，担任西江特委书记的黄学增接受派遣到海南岛指导工作，并于同年7月担任中共琼崖特委书记。此时，在黄记盐店长期隐蔽的南路特委交通员黄义民，也迫于广州湾严峻的形势，追随黄学增渡海前往海南岛，黄记盐店随之停止了相关的革命活动。

但黄记盐店的故事并没有完结。1938年底，广州湾发生日本武士挑战英武堂拳师事件。打不过中国拳师的日本武士恼羞成怒拔枪击杀英武堂师傅梁龙彪。出于义愤，黄元常出面与法租界当局交涉，此举惹恼了法租界当局，同年农历十一月被下毒害死。黄记盐店处于风雨飘摇之中。

与此同时，南路各地党组织利用广州湾法租界特殊的政治环境，在此开展轰轰烈烈的抗日救亡活动，动员人民共赴国难。党的各级组织逐步得到恢复、重建和发展。1939年初，在海南岛隐蔽活动的原南路特委交通员黄义民被组织重新启用，再次担任特委联系人。

黄义民回到阔别多年的广州湾，他找到黄元常的遗孀王连双（外称东海婆），征得她的同意后，继续以黄记盐店为中共南路党组织的联络点。为方便开展工作，党组织在遂溪物色了一位政治上可靠的女青年，与黄义民配为夫妻。黄记盐店的二楼由黄义民支配使用，楼上除一张桌子外，没有任何家具，木地板可容10个人过夜，也可席地而坐开小型会议；有一小木梯直通楼后的海滩，一有风吹草动，楼上的人员可迅速转移到海边的小船上，或沿着海边走脱。此时，黄义民的身份是南路特委的交通员、情报员，对外则是黄记盐店店员。实际上黄记盐店由黄义民经营，所得利润也大多上交给党组织使用。

黄义民利用黄记盐店运盐的船和车，来往于东海岛、太平圩和雷州半岛各地，沟通南路特委与各地党组织的联系，传送文件、情报，接送过往人员。小楼上经常人来人往，但由于交通方便、隐秘，从未出过事故。东海婆识大体，明大义，明知黄义民的共产党员身份和从事的是危险的、会杀头的工作，但从不干涉，还在暗中提供很多方便，自己带着几个幼小的孩子过着简单的生活。

在抗战后期以及解放战争时期，南路特委领导的武装斗争如火如荼，人民军队对药品、枪支、弹药的需求日益增加。南路特委通过多种渠道想方设法购买、运送军需用品，其中黄记药店就是一条重要的交通线。南路特委利用黄记盐店经常运输食盐的有利条件，为武装部队购买、运送药品、弹药。盐店通过秘密渠道购买到药品后，洗掉包装上的标签，隐藏在运盐的车里，用正常买卖作掩护，把药品运出广州湾，送到游击区。大量的弹药也是以这种方法运输。

1948年黄义民被捕牺牲后，黄记盐店也随之关停。对于黄记盐店老板黄元常一家，党组织也给予了关照，将他的两个儿子黄怀泽、黄金转移到遂溪县游击区。后来黄怀泽返回赤坎继续为人民武装部队搜集情报、跑交通，黄金由于年龄尚小，被送到粤桂边区党委书记梁广身边做通讯员。他的遗孀东海婆则撤回家乡东海岛，继续参与革命工作，她的家成为革命同志安全的堡垒户。

延展阅读 ……

南路

南路，指以雷州半岛为中心的两广地区，包括广东西部和广西东部、南部。南路革命是20世纪20年代在雷州半岛发起，在抗战时期再次崛起，并扩展到滇桂黔地区的革命活动。1922年，黄学增返回广州湾，举行南路十五县农民运动代表大会，策动农民武装斗争。1927年初，中共广东南路地方委员会成立，黄学增任书记，在他的领导下南路农民运动迅猛发展。大革命失败后，南路的党组织被破坏殆尽，于1929年底完全停止活动。1938年冬中共广东省东南特委开始重建南路党组织，1939年3月建立中共高雷工委，1940年2月改为中共南路特委，领导范围扩大到包括合浦、灵山、钦县、防城整个南路地区，组织抗日游击战争。1945年，合编各地抗日武装，成立广东南路人民抗日解放军，也称南路纵队。

（供稿单位：湛江市赤坎作协）

广东“渡江侦察记”

1949年夏，随着人民解放战争的节节胜利，曲江解放指日可待。为解放粤北，南下大军很急于了解韶关的敌情和地形。五岭地委要曲江工委负责把这方面的情况调查清楚，尽快上报。工委经过研究，决定把测绘韶关浈武两江的码头、桥梁、水深的任务交给地下党员罗宽完成，具体由工委宣传部长李凌冰联系。

年方二十的罗宽，个子高大，办事精灵。早在上年3月，他应原华英中学老同学、时任曲英乳人民义勇大队大队长何远赤的邀约，辞去广州中央医院司药职务回到韶关参加革命工作。他一直在其父亲罗冠三开设的罗有信金铺作工作掩护，为地下党做通讯联络工作。经何远赤介绍，罗宽先后认识了曲江工委的赵学光和李凌冰同志，其爱人肖健公开与赵学光以表姐妹相称，来往甚密。罗宽夫妇多次顺利地完成地下党交给的任务，深得党组织的信任。

罗宽接受了任务，心情一直难以平静下来，想到自己和爱人刚在党旗下宣誓不久，一股热血涌上心头，暗下决心：不管困难多大，都要坚决完成党交给的任务。

好不容易，罗宽找到了一张韶关地图。

一天，罗宽身穿一条短裤来到了浈江河畔，租了一只小划艇去游水观察，从东堤上游顺流而下，对大傅码头和水巷码头以及附近的建筑物逐个细心观察，时而用竹竿测深，时而跳入水中用身体试测，把了解到的情况

李凌冰（1921—？），广东揭西灰寨镇鲤鱼湖村人。1937年8月加入中国共产党。1938年在揭阳南侨中学就读，后在灰寨崇正等小学任教，以教书作掩护，从事党的地下工作。1942年夏，广东党组织受到破坏，于8月奉命向外地转移，奔赴粤北山区，投入新的战斗。先后在韶关《建国日报》，衡阳、贵阳、南京《大刚报》任校对员、记者、编辑。解放战争初期，1947年7月，参加中共曲江游击队，任中共曲江工委宣传部长，后由曲江地下党组织派往湘南从事党的地下斗争。中华人民共和国成立后，历任北江日报社副社长，北江地委宣传部科长，粤北行署文教处长，阳山、英德、曲江、清远县委书记，韶关地委宣传部长，韶关大学代理党委书记等职。

一一记在心里，回到家里标在地图上。

初次成功，罗宽信心大增，了解了东河的情况后，则着手于西河。

当时，西河有两座浮桥，分别坐落在孝悌路和罗沙巷西端。

一天傍晚，夕阳西照。罗宽和堂弟划着小艇从北门大码头顺流而下，第一座浮桥顺利通过了。当他们快到罗沙巷西端第二座浮桥旁边时，突然，桥上守敌快步上前盘问："搞什么的？"罗宽镇静地应付道："罗金铺做生意的。"敌人打量着这两个年轻人，像是本城的，虽没再盘问什么，但挥手示意不准他们过去。罗宽兄弟只得返回。

晚上，罗宽辗转难眠，心想国民党军队已经加强了警戒，行动更要小心！下一步该怎么办？脑里不断地想着、想着，突然想到，西河码头岸边常停泊不少渔船，倒不如去探访探访老船工。

翌日，罗宽来到西河边，一眼望去，在近岸边的一只船上正聚有几位老船工在闲聊。罗宽放慢了脚步，听到其中一位滔滔不绝讲起韶关沦陷的事情："日本鬼子到韶关那年，我亲眼看见他们从飞机场（现中山公园）那里涉水过河……只是水急一点。"

罗宽心里一阵惊喜，大有"踏破铁鞋无觅处，得来全不费工夫”之慨。为证实老船工的讲话，罗宽匆匆顺江边走去，经细心观察，证实这里确是浅滩，可以涉水而过。

深夜，静悄悄的。油灯下，罗宽正聚精会神把侦察到的情况在地图上做标记，然而，觉得这张地图这么大，传送容易暴露，于是，便找来图纸拟成了草图。

随即，罗宽便秘密地把草图转给李凌冰同志。终于，这份草图和其他有关资料转到了江西赣州南下大军指挥部，大军指挥部表扬了韶关地下党工作做得细。

1949年9月，解放大军跨过逶迤五岭，正按大迂回、大包围、大歼灭的作战方针，直指南粤大地。10月7日，解放军进占曲江，粤北守敌仓皇南逃。

延展阅读 ……

《渡江侦察记》

《渡江侦察记》是1954年上映的一部电影，讲述了渡江战役前夕，解放军某部李连长率侦察班探明敌人江防部署，协助大部队取得战役成功的故事。1949年，人民解放军在淮海战役取得胜利后，神速解放了长江以北广大地区，积极准备横渡长江，南下解放全中国。在大军渡江之前，人民解放军某部为了更好地了解对岸敌人的江防情况，特派侦察部队李连长带领一个侦察班，先遣渡江去侦察敌情。他率领了吴老贵、周长喜、杨威、小马等九人，在黑夜里乘了一只帆船机敏地渡过了长江，历经千难万险，将侦察情报在总攻发起前送回部队。

（供稿单位：曲江县委党史研究室）

一位赫赫而无名的人

广东汕尾市红海湾开发区田墘，是一个沿海乡村圩镇，历史悠久，人文荟萃。1926年3月24日，在这个圩镇上的一所民医诊所里迎来了一个新的生命。新生儿的名字叫黄绍强，他的父亲叫黄义林，又名黄树穀（号育黎），是这个诊所的主人，母亲叫曾慎其，夫妻俩都是当时汕尾境内的知名医生、好医生。黄绍强动手能力强，三四岁时，父母说过的话、教过的诗词都会默念；他做事认真，想要做的事一定要做到，而且要做好；他对贫苦人家很有同情心，尽管父母已是把医疗费和药费算到最低，但他还是会说："收少一点吧，你看他多可怜。"

黄绍强的一举一动、一言一行使父母感到宽慰。父亲还常用清代徐廷祚的"欲救人学医则可，欲谋利学医不可"的名言

黄旭华（1926—），广东汕尾人。交通大学1949届校友，中船重工集团公司719研究所研究员、名誉所长，中国第一代攻击型核潜艇和战略导弹核潜艇总设计师。

2014年1月，黄旭华当选中国中央电视台2013年度感动中国十大人物。2017年10月25日，获2017年度何梁何利基金科学与技术成就奖。11月9日，获得第六届全国道德模范敬业奉献类奖项。2019年9月17日，被授予“共和国徽章”。

黄旭华为中国核潜艇事业的发展作出了重要贡献，在核潜艇水下发射运载火箭的多次海上试验任务中，作为核潜艇工程总设计师、副指挥，开拓了中国核潜艇的研制领域，被誉为“中国核潜艇之父”。

来教导小绍强，认定他就是黄家“仁术济人”的继承人。

田墘树基小学是在田墘知名人士游子干先生的倡议下，在黄绍强的祖父等乡贤的带动下，集资于1919年建成的。黄绍强在这里读完初小（一至三年级）后，转到汕尾作玑中学附小读完小学。全面抗战爆发后，汕尾沿海学校被迫停办。

黄绍强未能顺利转入中学学习，辍学在家，其间参加田墘民间抗日宣传队。1938年2月3日，听从父母安排，黄绍强随大哥黄绍忠（后改名黄誉）往广东揭阳山区五经富镇的聿怀中学读初中，其间参加抗日宣传队演出《放下你的鞭子》。在聿怀中学肄业的黄绍强还想继续读书，因战事着紧，到处受阻，发出了“祖国这么大，为什么连一个安静读书的地方都找不到”的感叹。“我要读航空，读造船，将来造飞机捍卫我们的蓝天，造军舰，从海上抵御外国的侵略。”1941年初夏，黄绍强跋山涉水，用了两个多月的时间，经过兴宁、韶关、坪石、湘南等地，于8月初到达桂林，经过考试，进入桂林中学高三（5）班就读。颠沛流离的求学经历，在日寇蹂躏下沿途凄凉景况的所见所闻，黄绍强深深感悟到“国弱受人欺”的道理，毅然改变了从小梦想当医生，治病救人的愿望，立志走科学救国的道路。也就在这个时候，自己把“黄绍强”改名“黄旭华”，寓意“旭日中华”。

1944年，改名立志后的黄旭华，于桂林中学仓促毕业后几经辗转到了重庆，入读位于重庆江津白沙镇的由国民政府教育部为收容战区流亡学生开办的大学特设专修班。后被保送到中央大学航空系，接着又以第一名的成绩考上交通大学。

为了实现“科学救国”的理想，黄旭华十分珍惜来之不易的学习机会。他不仅在学知识上下足功夫，更主动积极地参加革命活动。他在于锡堃的介绍下，与厉良辅、蒋励君等加入进步社团“山茶社”，以文艺形式宣传先进思想、开展革命活动；他领导学校歌咏队，开展革命宣传活动。1948年，在“山茶社”黄旭华开始接触《论联合政府》《目前形势与任务》等毛泽东著作，奠定了革命理论基础。1949年，“山茶社”改名为“晨社”，黄旭华任第一任社长。他爱校如家，参加护校等活动。进步的思想，出色的表现，使他成为地下党的培养对象。1949年初，黄旭华成为中共预备党员，1950年4月20日转为中国共产党党员。

1949年，黄旭华毕业于交通大学造船系，参加了中共上海市委党校学习后，先后在上海军管会船舶建造处、上海招商局（海运局）、港务局团委等单位工作。他思想进步，工作积极，表现突出，成绩优秀，是革命的好苗子。1956年他与同事李世英相爱结婚，家庭美满。在当时，这是令人羡慕的。可从1957年开始，黄旭华却与老家亲人神秘失联了。“时时刻刻严守国家机密，不能泄露工作单位和任务；一辈子当无名英雄，隐姓埋名；进入这个领域就准备干一辈子，就算犯错误了，也只能留在单位里打扫卫生。”这是在参加核潜艇研制工作时，领导给黄旭华的要求。黄旭华当时毫不犹豫地答应了，他说：“我能承受。在大学时我经受过地下党组织严格的纪律性、组织性的锻炼和考验，相比之下，隐姓埋名算什么？”

1987年2月10日，上海《文汇月刊》刊登长篇报告文学《赫赫而无名的人生》，黄旭华把报刊寄给老家的母亲。但因保密需要，全文未提及黄旭华的名字。母亲看到文章，开始还半信半疑，但看到儿媳妇的名字时，老人家泪流满面，高兴地告诉大家：“旭华还在！我儿子旭华还在！”

从1957年到1987年，整整三十年。这三十年，黄旭华老家的亲人们是怎么过的呀？！老母亲病了，旭华没有回家；父亲病危，旭华没有回家；父亲弥留之际，还问身旁的人，“旭华还没回来？他究竟是在做什么？”；父亲去世，旭华还是没有回来。

黄旭华三十年没回老家，引起了家乡人的多种猜测，“一个贤人、孝子，为什么会变得这样？”大家心头的疑团久久不能散去。

该提到的还是他的老母亲。当年，她把旭华送到路口，含泪叮咛：“过去颠沛流离，如今工作稳定了，要常回家看看。”黄旭华满口答应。“失联”以后，她在人们面前总是淡定、点头。可有谁知，多少个黄昏，她呆立、她流泪、她的眼睛凝望着远方……儿行千里母担忧，何况这位被千万人称为“慈娘医生”的母亲？

黄旭华说过：“我很爱我的母亲、妻子和女儿，我很爱她们。”

可他却与亲人失联整整三十年啊！这三十年，他在做什么？他在做一件“无中生有”、惊天动地的大事！

20世纪中叶，党和国家领导人就有建造核潜艇的设想，希望得到苏联的技术援助，却遭到对方的拒绝。1959年，苏联中断对中国若干项目的援助，对中国施加压力。毛主席得知后说了一句：“核潜艇，一万年也要搞出来！”就这样，中国研造核潜艇的“09”工程启动了。天降大任，黄旭华被秘密地召集进京，参加了我国第一代核潜艇的论证设计工作，直到后来当上总设计师。

当时，黄旭华和他的战友们手头上一点关于核潜艇的现成资料都没有。就是在这种艰苦条件下，他们团结战斗，攻关克难，终于在1974年8月1日，中国第一艘核潜艇“长征一号”正式列入海军战斗序列，中国成为世界上第五个拥有核潜艇的国家。在核潜艇深潜试验成功之时，黄旭华即兴挥毫作诗一首：“花甲痴翁，志探龙宫，惊涛骇浪，乐在其中！”

1988年南海深潜试验，黄旭华顺道探视老母亲。此时，母亲年已93岁。母子相见，无语凝噎，此情此景，令人震撼。慈祥的母亲第一句话就是：“儿子，回来就好！。”黄旭华对大家说，“我对祖国的忠，就是对父母最大的孝。”母亲，这位慈祥的母亲，这位伟大的母亲，只是微笑着点头，点头。

此后，黄旭华参加了多次核潜艇的建造工程，且取得巨大的成功。至今还战斗在这一战线上，老骥伏枥，无怨无悔，壮志凌云。

黄旭华隐姓埋名三十年，在一无所有的情况下，“无中生有”，为中国建造第一艘核潜艇立下了汗马功劳，被誉为“中国核潜艇之父”。

延展阅读……

被让座的老人

2017年11月17日，全国精神文明建设表彰大会在京举行。上午9时30分，中共中央总书记、国家主席、中央军委主席习近平出现在人民大会堂金色大厅，亲切会见参加大会的600多名代表。准备合影时，他看到两位年迈的代表在中间站着，便走上前握住他们的手，邀请两位老人在前排就座。

“你们别站着了，到我边上坐下。”

“来！挤挤就行了，就这样。”

两句简短、朴实的话语，一个坚定有力的“搬椅子”动作，两位老人谦让再三，但在习近平的坚持下，两人最终在习近平身边坐下。

现场这一小小细节，感动全场，大家长时间热烈鼓掌。当天合影结束后，习主席并未作正式讲话，但代表们都说，让座的举动已相当于进行一次重要讲话，“身教重于言教”。

这两位被习近平让座的老人，其中一位便是黄旭华。